LIANA WENNER

VINICIUS PORTENHO

LIANA WENNER

VINICIUS PORTENHO

AS INESQUECÍVEIS TEMPORADAS DE VINICIUS DE MORAES NA ARGENTINA E NO URUGUAI

Tradução:
Diogo de Hollanda

Casa da Palavra

Este livro foi revisado segundo o Novo Acordo Ortográfico da língua portuguesa.

DIREÇÃO EDITORIAL
Martha Ribas
Ana Cecilia Impellizieri Martins

EDITORA DE TEXTOS
Fernanda Cardoso Zimmerhansl

EDITORA ASSISTENTE
Marina Boscato Bigarella

PRODUÇÃO GRÁFICA
Meyrele Torres

COPIDESQUE
Fábio Gabriel Martins

REVISÃO
Mônica Surrage

CAPA
Bruna Benvegnù

FOTO DA AUTORA
Clara Muschietti

DIAGRAMAÇÃO
Filigrana

CIP-BRASIL. CATALOGAÇÃO-NA-FONTE
SINDICATO NACIONAL DOS EDITORES DE LIVROS, RJ

W511v

Wenner, Liana
Vinicius portenho / Liana Wenner ; [tradução Diogo de Hollanda]. - Rio de Janeiro : Casa da Palavra, 2012.

Tradução de: Nuestro Vinicius
ISBN 978-85-7734-236-5

1. Moraes, Vinicius de, 1913-1980. 2. Poetas brasileiros - Biografia. I. Título.

12-0183.　　CDD: 928.69
CDU: 928:821.134(81)

CASA DA PALAVRA PRODUÇÃO EDITORIAL
Av. Calógeras, 6, sala 1.001, Centro
Rio de Janeiro RJ 20030-070
21.2224-7461 | 21.2222-3167
divulga@casadapalavra.com.br
www.casadapalavra.com.br

Para
Marcos, por seu amor incondicional.
Mercedes, por tudo.
Dorita, pela calorosa ajuda cotidiana.
E Fernando, pelo diálogo, a amizade e as ideias.

Isso terminou. Hoje sei saudar a beleza
ARTHUR RIMBAUD

Ser poeta até o ponto de deixar de sê-lo
CÉSAR VALLEJO

Sumário

Prólogo à edição brasileira

Querido leitor,

Na edição rio-pratense de *Vinicius portenho*, escolhi o vocativo *desocupado leitor* em homenagem ao prólogo da primeira parte do *Dom Quixote*, que começa com essas duas palavras. Também porque, como ensinou Cervantes, considero que a leitura proporciona o acesso a outras realidades, a outros mundos possíveis. E, para chegar a eles, precisamos estar *desocupados* de todas as tarefas diferentes do ato de ler.

Agora, para o prólogo da edição brasileira, escolho *querido leitor* porque o adjetivo *querido* me parece intrinsecamente ligado à bossa nova: o movimento cultural surgido na Copacabana de fins da década de 1950 que fez da representação estética do amor e da beleza sua principal marca. A bossa nova exportou o imaginário de um Brasil requintado e atemporalmente moderno, que cativou de imediato tanto portenhos quanto montevideanos.

"Dentro do amor e da beleza, tudo. Fora do amor e da beleza, nada." Foi o que nos disse Vinicius de Moraes, o poeta da bossa nova. E é nesse ponto que radica sua verdadeira ética: consciente de si, homem de um século carcomido por guerras mundiais, soube transmutar o desamparo e a angústia em busca de harmonia.

Conheci o Vinicius cantor quando ainda estava na escola primária. Na Argentina corria o ano de 1979 ou 1980. O clima que me cercava era claustrofóbico e o LP *Vinicius de Moraes en La Fusa de Buenos Aires con María Creuza y Toquinho* começou a ser um dos meus brinquedos favoritos. Escutava-o em uma vitrola de plástico alaranjada que ganhara do meu pai em um remoto Dia das Crianças.

Na Argentina os anos 1970 haviam começado muito bem, mas terminaram muito, muito mal.

Já adulta, li uma longa entrevista com o escritor alemão Ernest Jünger, na qual ele contava que, quando era um soldado muito jovem, durante a Primeira Guerra Mundial, conseguiu levar para as trincheiras um livro de poesia clássica latina. A leitura do livro, contou Jünger, o havia salvado de sucumbir à destruição que o rodeava. A poesia o havia resgatado da loucura que emerge da tragédia.

Com esse LP que Vinicius gravou em Buenos Aires em julho de 1970, ocorreu algo parecido comigo... O disco me fez intuir que, enquanto o clima ao meu redor estava marcado pelo medo, pela insegurança e pela dor, outro mundo, governado pelo sol, o prazer, a alegria e a pele, continuava sendo possível.

Começou então meu longo romance com Vinicius, o Brasil e a sonoridade do português.

Sem dúvida alguma, escrevi *Vinicius portenho* para saldar uma dívida com o Poetinha. Porque, nas suas músicas, ele me falou do esplendor dos corpos, da liberdade individual (em que cada homem e cada mulher são indiscutivelmente soberanos) e das fantasias mais íntimas e pessoais, e por isso mais humanas, pois nunca puderam nem poderão ser politizadas.

Vinicius de Moraes foi muito popular na Argentina e no Uruguai, talvez mais do que em seu Brasil natal. As razões para esse fenômeno são muitas e tento explicá-las ao longo do livro.

Gostaria que você lesse este livro como um relato de múltiplas vozes sobre o último Vinicius, e não como uma biografia, um simples somatório de dados e datas.

Em *Vinicius portenho* há também várias referências à cultura rio-pratense dos anos 1960 e do início dos 1970, época singularmente criativa, rica e produtiva, na qual Vinicius teve uma inserção destacada.

Por último, quero agradecer a Pascoal Soto, meu editor brasileiro, e a editora Casa da Palavra, por ter-me permitido chegar aos leitores em língua portuguesa.

Saibam que para mim é uma genuína alegria este encontro com vocês.

Liana Wenner.
Buenos Aires, 26 de março de 2011.

Quando tudo começou

No verão de 1966, dois jovens advogados argentinos saíram de férias para o Rio de Janeiro. Um deles, Daniel Divinsky, viajava também para se encontrar com Vinicius de Moraes.

O mundo do direito havia perdido a graça para os dois amigos. E a descoberta da bossa nova tinha tudo a ver com isso. Foram várias coisas ao mesmo tempo: uma hora, iam ao cinema e viam *Um homem, uma mulher* ou *Orfeu negro;* outra, ligavam o rádio no escritório e ouviam "Insensatez".

Ainda por cima, depois da viagem ocorreu o golpe contra o então presidente da Argentina, Arturo Illia, e Divinsky decidiu, por fim, pendurar as chuteiras da advocacia. Era preciso fazer outra coisa.

A viagem para o Rio durou 36 horas, em um ônibus que não tinha poltronas reclináveis, ar-condicionado, banheiro, comissária nem serviço de bordo. Era a primeira vez que os dois amigos viajavam para além das fronteiras argentinas. Por isso a alegria e o entusiasmo superavam qualquer necessidade de conforto. Sem contar que o ônibus era o meio de transporte mais barato.

O Brasil daqueles anos, mais especificamente o Rio de Janeiro, gozava de uma aura de sofisticação, bom gosto, glamour, uma modernidade atemporal e uma saborosa delicadeza entre a classe média das grandes cidades argentinas, principalmente entre os mais jovens. Os filmes dirigidos por Marcel Camus e Claude Lelouche contribuíram para construir essa imagem e ajudaram enormemente na difusão das músicas de Vinicius na Argentina. Mais tarde, outro longa-metragem, *Garota de Ipanema*, viria para completar o ciclo.

Tudo era novo e estava por fazer. Havia uma ditadura no Brasil, mas ainda podiam conviver com ela o poeta e o diplomata Vinicius de Moraes, com suas noitadas regadas a álcool e poesia.

Empolgado com seu novo projeto, a criação de uma editora, Divinsky sabia que até o fim daquele mês Vinicius estaria cantando no Zum Zum, uma casa noturna de Copacabana.

Vinicius estava apoiado no balcão do bar do Copacabana Palace tomando um gim-tônica, porque ainda era cedo demais para o uísque. Esperava alguém ou era apenas uma visita de rotina? Às 19h, apareceu um rapaz que, ao vê-lo, caminhou em sua direção.

– Sou Daniel Divinsky, da editora de Buenos Aires. Prazer em conhecê-lo.

– Sou Vinicius de Moraes. Prazer!

Falaram o tempo todo de literatura, até que em dado momento o argentino tirou do bolso do paletó o rascunho de um contrato editorial que tinha escrito a mão. Vinicius aceitou ser editado por Divinsky, mas com a condição de receber 15% de direitos autorais.

Divinsky se lembra desse dia agitado:

> *Quinze por cento era muito. Os autores europeus cobravam 6%, mas aceitei do mesmo jeito, porque me interessava especialmente ter uma obra de Vinicius entre nossos primeiros títulos. Assim, publicamos* Para vivir un gran amor *em agosto de 1968. Daquele encontro, lembro de um Vinicius cultíssimo e tranquilo. Tínhamos viajado com muito pouco dinheiro e por isso não podíamos pagar a entrada do Zum Zum, que era uma boate caríssima. Disse a Vinicius que queríamos ver seu espetáculo e ele respondeu: Na entrada, digam que são meus convidados. E foi o que fizemos, naquela mesma noite.*

O show era mais ou menos assim: Vinicius e Dorival Caymmi começavam a conversar sobre coisas banais, gente conhecida, amigos, sem seguir roteiro algum. Vinicius, que estava sempre com uma camisa esporte preta, sentava-se na frente de uma prateleira que servia para apoiar papéis, a garrafa de uísque e o copo que ele apelidava de Procópio. Caymmi sentava-se em um banquinho, ao estilo de um pescador, e vestia uma camiseta listrada azul-marinho e branca.

Em seguida, Vinicius homenageava os amigos presentes, contava coisas de sua vida e desabafava os problemas que tinha no serviço diplomático, atacando diretamente um ou outro embaixador.

– Meu querido Caymmi, me diga com sinceridade, você acha que sou um diplomata ou um homem?

O público, que sempre captava o sarcasmo, por sutil que fosse, aplaudia às gargalhadas. Também rindo, Caymmi respondia com delicadeza:

– Você é filho de Deus.

– Saravá, saravá! – E os aplausos continuavam. – Mas tem uma coisa que vocês não sabem: entre as fotos na porta da boate, estão as que tiramos com aquelas mulatas divinas, a Ilda e a Dina.

– Os dois sentados em cadeiras austríacas.

– Com nossas lindas barrigas e aqueles dois anjos da guarda aparecendo em cima da gente com suas curvas espetaculares!

– Que beleza – enfatizou Caymmi.

– É isso que eles não têm – acrescentou Vinicius, numa referência clara ao corpo diplomático brasileiro.

E passavam para outra história:

– Hoje acordei com uma câimbra terrível na panturrilha.

– Ah, Vinicius, isso dói... sei bem.

– Acho que é um pouco pelo excesso – concluiu Vinicius.

O público morria de rir.

Em dado momento, o clima mudava. As pessoas entravam em uma espécie de transe quando repetiam, junto com Vinicius, "Dia da criação".

O espetáculo era desse jeito: sem um programa rígido que estabelecesse um determinado número de músicas ou situações.

Os dois portenhos, Divinsky e o amigo, finalmente se encontravam com o Rio que tanto tinham imaginado. Ao vivo, era como nas músicas e na poesia. Vinicius precisava mesmo ser editado em Buenos Aires.

Ele e Caymmi terminavam o show cantando: Se vocês gostaram/ até a próxima vez/ porque se vocês gostaram/ nós gostamos de vocês. Em meio aos aplausos finais, os dois argentinos resolveram escapar, porque, mesmo sendo convidados de Vinicius, tinham medo de que lhes cobrassem algo na saída.

Ao voltar para Buenos Aires, Divinsky redigiu, em sua Lexicon 80, o contrato definitivo para a edição argentina de *Para viver um grande amor*. Dois ou três meses depois, recebeu o documento de volta, assinado caprichosamente por Vinicius, em um envelope com selo postado do Leblon.

A primeira edição do livro saiu em agosto de 1968, coincidindo com o show que Vinicius e Caymmi fizeram no teatro Ópera de Buenos Aires.

Em apenas dois anos, a Ediciones de la Flor vendeu quinze edições de *Para vivir un gran amor* e exportou o livro para Montevidéu e Santiago do Chile. Durante trinta anos, a editora teve os direitos exclusivos para publicar Vinicius em língua espanhola e lançou cinco títulos: *Para vivir un gran amor*, *Antología poética*, *Para una muchacha con una flor*, *Orfeo de la Concepción* e o infantil *El arca de Noé*.

A volta ao lar

Pero dejo el corazón
Y esta canción y mis versos
Y la memoria
De qué triste es decir adiós
Adiós, adiós, adiós
Que tengan mucha suerte
Adiós, mis amigos
Felicidades - y hasta pronto.

VINICIUS DE MORAES, POEMA DE DESPEDIDA
A SEUS AMIGOS DE MONTEVIDÉU[1]

[1] Ravista Jaque, Montevidéu, julho de 1984.

Já não celebravam o Natal em família porque, dois anos antes, um irmão tinha morrido exatamente no dia 25. Os três que sobraram saíram juntos à noite pelas ruas de Montevidéu, para passar o Natal em algum lugar onde houvesse gente.

Foram direto ao Pigmalión, um bar que ficava atrás do Parque Hotel. Havia apenas duas ou três mulheres. Logo a que Marcelo preferia tinha ido para La Teja visitar uns parentes. Nem mesmo a cafetina estava lá, e o lugar, aliás, só abrira por acaso: o chileno do bar não tinha para onde ir, e nessa mesma situação estavam as duas ou três mulheres.

Começaram bebendo Cubana Sello Verde e depois partiram para o Red Label. Às moças, ofereceram várias rodadas de champanhe.

– Ei, olha aquele cara sentado sozinho lá no fundo.

– Vai lá, Emilse, convide ele para ficar com a gente – disse Marcelo.

Na penumbra, alguém começou a se aproximar do balcão.

– Meu nome é Vinicius de Moraes, sou poeta e cônsul do Brasil em Montevidéu. É um prazer conhecê-los!

Os três irmãos não sabiam quem era Vinicius de Moraes e não se importavam se ele era ou não diplomata. Todos eram criaturas da noite e isso era mais do que suficiente.

Era o Natal de 1958.

A primeira gravação de Vinicius cantando foi feita por Marcelo Acosta y Lara:

Ele ainda não tinha decidido gravar discos porque dizia ter a voz ruim. O curioso é que, dia sim, dia não, nos reuníamos na casa de uma amiga para ouvi-lo cantar. Foi então que fiz uma de suas primeiras gravações com um Grundig velho e meio ferrado. Nessas reuniões, cheias de gente jovem que ia lá para escutá-lo, Vinicius pegava o violão e cantava sem parar. Eram vinte, trinta, quarenta músicas em uma noite, só pelo prazer de cantar para os amigos. Nós o escutávamos como se ele fosse o oráculo de Delfos, e não me refiro apenas às suas músicas, mas a todas as suas ideias.

Quis o destino que a família Acosta y Lara fosse dona de uma rádio em Montevidéu, onde Vinicius cantou ao vivo mais de uma vez. Segundo Marcelo, as fitas até hoje estão esquecidas na gaveta de alguma casa.

A bossa nova ficou conhecida mais rapidamente em Montevidéu do que em Buenos Aires. Uma possível explicação talvez seja a influência cultural que, naqueles tempos, o Brasil exercia sobre o Uruguai. Os dois anos em que Vinicius viveu no bairro de Pocitos também favoreceram a difusão do gênero: como contou seu amigo Marcelo, as reuniões nas residências eram muito frequentes e Vinicius sempre gostava de cantar.

Sua vida noturna em Montevidéu foi pra lá de agitada. Era comum que, sem ter dormido, tivesse de ir ao porto da cidade receber algum navio vindo do Brasil.

O escrivão Daniel Terra, seu amigo e procurador no Uruguai, lembra:

Naquela época eu estava separado da minha primeira mulher, então saíamos todas as noites. Às vezes, quando o navio chegava, Vinicius subia a rampa de acesso já tendo tomado uma garrafa de uísque inteira.

A atriz Henny Trayles foi uma grande divulgadora da bossa nova em Montevidéu:

Uma noite, depois de sair do teatro, estávamos comendo no restaurante de sempre, La Grota Sur. De repente escutei uma música que estava tocando no rádio e fiquei louca. Era "Chega de saudade". Isso foi em 1960, mais ou menos. Comecei a comprar todos os discos de bossa nova que chegavam a Montevidéu e colocava nos ensaios. Todo o elenco ficou viciado no ritmo, a ponto de saber as músicas de cor. Em um clube de teatro que eu frequentava, aconteceu a mesma coisa. Foi por isso que, no começo dos anos 1960, começamos a fazer paródias da bossa nova no Telecataplum, um programa da televisão uruguaia. Naqueles anos Punta del Este também era um grande centro de bossa nova. Foi lá que conheci a Nana Caymmi e nos tornamos amigas.

No começo da década de 1950, o Uruguai experimentou uma fase de expansão econômica e modernização institucional que duraria cerca de dez anos. O empresário argentino Mauricio Litman foi um dos precursores deste período de inovação ao construir em Punta del Este o primeiro clube fechado do país: o Cantergril Country Club, inspirado em iniciativas que havia conhecido nos Estados Unidos.

O salão de eventos do clube foi inaugurado em 1950, em cima da hora para o Primeiro Festival Internacional de Cinema de Punta del Este, também organizado por Litman. Parecia que a cidade uruguaia estava ficando à altura de Cannes.

Conta a atriz e cantora Egle Martin:

Conheci a Maysa em Buenos Aires e depois disso não conseguimos nos desgrudar. Ela já estava separada do Matarazzo (André). Então, quando vinha para cá, deixava o filho e o cachorro, um poodle pequenininho, para eu tomar conta. Éramos como irmãs. Em 1959 ou 1960, ela tinha contrato para cantar no hotel San Rafael, em Punta del Este. Eu e o Lalo (Palacios, seu ex-marido) tínhamos alugado uma casa para passar o verão lá e ela me pediu para escolher umas roupas em Buenos Aires e levar para ela em Punta. Na manhã seguinte a sua chegada, peguei o carro e fui para o hotel. Perguntei por ela e me disseram que tinha ido embora para o Rio. Falei que não podia ser, porque naquela mesma noite ela tinha um show. Estava com a mala e a roupa e não sabia o que fazer. Nisso, vi se aproximar um homem baixinho: Você é a Egle? Ah, sou o João Gilberto. Maysa está no Rio Grande do Sul porque tem um caso com o presidente. Eu vou substituí-la até ela voltar.

A bossa nova partia de Ipanema, fazia temporadas em Punta del Este, não pregava os olhos em Pocitos. O ritmo arrancou aplausos da crítica especializada e despertou a paixão do público em Buenos Aires.

Foi em 1959, em seu apartamento na esquina da rua Solano Antuña com a Benito Blanco, em Pocitos, que Vinicius compôs "A felicidade", sua canção mais cara.

Lembra Daniel Terra:

Ele sempre dizia que este era o samba que tinha lhe custado mais caro. Tom Jobim estava em São Paulo e Vinicius, em Montevidéu. Os dois se falavam a todo instante, até que uma última ligação, de mais ou menos uma hora, conseguiu deixar a música pronta.

Foi também naquele ano que o doutor Tálice começou a atender Vinicius. De quando em quando, o poeta ligava para a casa do médico com um tom de voz angustiado:

– Estou morrendo, doutor...

– Estou indo, Vinicius. Acalme-se. Você não vai morrer.

Dr. Tálice cuidou de Vinicius em seu período como cônsul, mas acabou se tornando um dos médicos particulares do poeta, que o consultaria até os últimos dias de sua vida.

Logo vi qual era sua estrutura orgânica: sua extrema sensibilidade. Nós médicos chamamos isso de distonia vagossimpática. Era um homem de oscilações: de repente estava otimista, eufórico, e subitamente passava a um estado depressivo. Era muito carinhoso, muito humano. Lembro que em 1960 fez uma festa de despedida dos amigos uruguaios em seu apartamento. Foi pouco antes de minha esposa morrer, e a última foto que temos dela é dessa noite e foi tirada pelo Vinicius.

Antes de tocar em Buenos Aires, em agosto de 1968, Vinicius aproveitou uma baldeação que os passageiros do Eugenio C tiveram de fazer em Montevidéu, onde foram transferidos para um navio de menor importância, para encontrar Marcelo Acosta y Lara. Fazia muito frio e acabaram ficando no El Hispano.

Lá, Vinicius presenteou o amigo com um exemplar do seu *Livro de sonetos*, em que anotou: "Para Marcelo, por tantas e tão grandes causas, e por tudo o que fizemos e o que estamos por fazer; e pelo amor da mulher, do amigo, da música, do álcool e da poesia; neste reencontro, teu amigo Vinicius. Montevidéu, agosto de 68."

Na rainha do Prata

Manhã de 8 de agosto de 1968.

O porto de Buenos Aires estava fechado porque uma embarcação para remover areia havia afundado fazia pouco tempo e tinha bloqueado a entrada. No Eugenio C, um navio de bandeira italiana, Vinicius de Moraes viajava com Dorival Caymmi. A passagem pela costa uruguaia fora feita pelo Nicolás Mihanovich, que ligava Buenos Aires a Montevidéu e tinha menor profundidade que o Eugenio C.

Por volta de 1945, Vinicius havia sofrido um acidente terrível a bordo da aeronave francesa Lionel de Marmier, em um voo entre o Rio de Janeiro e Buenos Aires. No meio da viagem, uma hélice se desprendeu do motor e entrou no avião. Um passageiro que estava quase ao lado de Vinicius teve as duas pernas amputadas. Minutos depois, o avião conseguiu aterrissar em uma lagoa em Rocha, em pleno pampa uruguaio.

Vinicius ficou muito impressionado e não voltou a viajar de avião até que, muitos anos depois, sua esposa baiana, Gesse Gessy, levou-o a uma mãe de santo para curar seus males físicos e espirituais.

Daniel Terra lembra o ritual que Vinicius cumpria antes de embarcar:

> *Vinicius tinha que se vestir de branco, usar vários colares e fazer uma bolinha de cola caseira que deixava atrás das plantas para poder viajar com tranquilidade, para poder estar protegido. Não viajava de avião sem fazer tudo o que a mãe de santo tinha mandado.*

Mas voltemos àquela manhã de agosto em 1968 no porto de Buenos Aires.

A chegada de Vinicius e Caymmi estava prevista para um dia antes, mas, devido a um problema no rio, os dois tiveram de passar algumas horas em Montevidéu. No porto, eram aguardados por Alfredo Radoszynski, Daniel Divinsky e um gerente da agência publicitária que os importadores e industriais do café brasileiro haviam contratado para a campanha contra os colombianos.

Os dois únicos shows no teatro Ópera, realizados na terça-feira 13 de agosto, foram apresentados e produzidos pelos importadores e industriais do café brasileiro na Argentina.

Começa a guerra

Os empresários do café brasileiro na Argentina e os concorrentes que importavam e comercializavam café colombiano entraram em guerra.

A Guerra do Café, como ficou conhecida, fez os empresários colombianos levarem para a Argentina um homem fantasiado do que, em tese, seria um trabalhador cafeeiro: camisa *guayabera* branca, calça pescador e chapéu de copa e abas grandes, como manda o figurino. O nome dele era Juan Valdés. Aparecia em programas de televisão, anúncios publicitários e estampava o sorriso na caixa do café Bogotá.

O contra-ataque dos empresários brasileiros não se fez esperar. Para responder à investida dos rivais, contrataram em Buenos Aires uma importante agência de publicidade, que organizou uma série de shows com cantores e músicos brasileiros no teatro Ópera. O programa já tivera apresentações de Elis Regina, Jair Rodrigues, entre outros. Vinicius e Caymmi ficaram para o final.

Os publicitários argentinos que, diga-se de passagem, pouco sabiam de música brasileira, estavam sob a discreta vigilância de Aloysio de Oliveira, dono do selo Elenco (que tinha gravado o disco *Vinicius e Caymmi no Zum Zum*) e produtor artístico do espetáculo do Ópera. Mas havia um problema: Oliveira estava no Rio e precisava de alguém para ficar em seu lugar em Buenos Aires. Assim, certa manhã, a agência de publicidade ligou para Alfredo Radoszynski, pois seu nome fora sugerido para organizar a pré-produção do show de Vinicius e Caymmi no Ópera.

Radoszynski conhecia bem Oliveira e mantinha, inclusive, certa amizade com ele. Além disso, o selo do argentino havia sido o primeiro a levar para as discotecas do país, e ainda longe do Carnaval, um LP só com música brasileira. O produtor aceitou a proposta na hora, mas disse aos publicitários:

– Quantos dias vocês pensaram para eles?

– Vão ser dois shows no dia 13 de agosto: um às 20h30 e o outro às 22h30.

– Mas um dia é muito pouco! – disse Radoszynski, preocupado.

– São dois velhinhos! – retrucou o publicitário.

– É, mas esses dois velhinhos de 54 anos são como Gardel aqui! – disparou Radoszynski.

E estava certo. Nas duas apresentações, o Ópera veio abaixo.

Preliminares

Nos dias que antecederam a estreia, a trupe de brasileiros bateu perna pelas ruas de Buenos Aires.

As moças do Quarteto em Cy ficaram encantadas com as butiques da avenida Santa Fe; Oscar Castro-Neves reuniu-se com algum compositor argentino; Baden Powell saiu pouco do hotel, tomado por uma rara obsessão virtuosística que o manteve tocando o tempo todo no quarto. E Caymmi, que já conhecia Buenos Aires, tinha dois ou três amigos que o levavam para os cabarés da travessa Tres Sargentos.

Nessa viagem, Vinicius hospedou-se inicialmente no hotel Impala, na esquina da Arenales com a Libertad, bem perto da casa da escritora María Rosa Oliver, amiga do poeta. Ela estava entre as primeiras amizades de Vinicius em Buenos Aires, uma das pessoas que costumava visitar em seu período como cônsul do Brasil em Montevidéu. Maria Julieta Drummond de Andrade, filha do poeta Drummond, tinha lembranças daqueles tempos:

> *Quando estava na Embaixada do Uruguai, Vinicius ia alguns fins de semana para Buenos Aires sem avisar e, quando chegava, nós mesmos espalhávamos a notícia. Acabávamos fazendo um almoço ou um jantar na nossa casa ou na casa de amigos em comum. Uma vez, o almoço emendou no jantar e o jantar se estendeu pela madrugada. De repente nos demos conta de que estava amanhecendo e que todo mundo estava exausto, menos ele, que continuava cantando baixinho. Geralmente ele vinha com a amada, com as sucessivas*

amadas, e ninguém pode esquecer como era agradável vê-lo toda noite de mãos dadas com a namorada, com a esposa, fazendo carinho, ficando de chamego, dizendo coisas no ouvido com um arrebatamento autêntico e profundo.

No dia do show, terça-feira 13 de agosto, Vinicius pediu para Daniel Divinsky levá-lo à casa de María Rosa. Já era de tarde e, embora fizesse sol, estava bastante frio em Buenos Aires. Divinsky subiu no seu Fiat 600, passou para pegar Vinicius e os dois seguiram para a casa de María Rosa, na esquina da Posadas com a Ayacucho. A visita, porém, acabou se estendendo demais. Mas você ficou doido! Cantando em teatros, bebendo no palco! Disse María Rosa, entre maternal e inflexível. Vinicius baixava um pouco a cabeça, olhava a amiga de lado e sorria.

É preciso dizer que, mesmo sendo de uma família da oligarquia agropecuária, habituada na infância aos veraneios na Europa, com a vaca no porão do navio e tudo, María Rosa viajou para a República Popular da China, encontrou-se com Mao Tse Tung, foi uma ativa defensora da República Espanhola, conheceu Ernesto Guevara de la Serna (antes de virar o Che) e morreu comunista. Além de tudo era paralítica. Vinicius a adorava. Era uma das poucas pessoas que, com apenas uma frase, conseguiam acalmá-lo em suas frequentes crises de angústia.

Daniel Divinsky estava em pânico com a displicência de Vinicius, que parecia não estar nem aí para a hora. Também ficou pasmo por ele não ter ensaiado antes do show.

Lembra Divinsky:

Quando chegamos ao teatro, Vinicius só desceu do carro depois de levantar o vidro que ele tinha aberto quando saímos da casa da Oliver. Sempre lembro desse gesto como um exemplo do seu calor humano. Quando entrou no hall do Ópera, os organizadores voaram em cima dele. Pensaram que ele tinha sido sequestrado! Ele foi para o imponente palco do teatro no laço.

O primeiro show estava marcado para as 20h30, mas às 20h15 Vinicius não tinha chegado. Caymmi e os músicos começavam a ficar nervosos.

Desde as 19h30, as ligações para o hotel eram frequentes, mas lá informavam que o senhor De Moraes havia saído às 17h. Quando já estava na hora do primeiro show, um empresário da Câmara de Importadores e Industriais do Café Brasileiro na Argentina, entidade que produzia o evento, ligou pessoalmente para o Departamento Central de Polícia, mas lá também não sabiam de nada. Temia-se, realmente, que Vinicius houvesse sido sequestrado.

Quando ele percebeu o avançado da hora, já eram 20h15. Foi correndo com seu editor ao Fiat 600 estacionado na rua Ayacucho.

As advertências maternais de María Rosa ecoavam na cabeça do poeta.

E foi desse jeito, meio aturdido, meio abobalhado, como que guiado por uma entidade superior, que Vinicius subiu no imenso palco do Ópera.

Naquela época, sua relação com o corpo diplomático a que ainda pertencia era bastante instável. Depois de voltar em 1964 de Paris, onde havia servido na Unesco, Vinicius foi solicitado pelo governador de Minas Gerais para atuar na implantação da Fundação de Arte de Ouro Preto. Em 1967, foi dispensado do trabalho. A partir de então, passou a ser um diplomata sem destino nem função. O alto comando da chancelaria jamais respondeu a seus pedidos de novos postos.

Em 1969, o Itamaraty o exonerou da diplomacia, mas não por razões políticas, e sim por sua dependência do álcool. Vinicius jamais se recuperou do golpe.

Dois shows em uma só noite: profeta fora de sua terra

Com o rosto ainda gelado pelo vento da rua e com 54 anos nas costas, Vinicius subiu ao palco tão vivo como um adolescente.

Chegou enlaçado, é verdade, mas sem dúvida sabendo muito bem o que fazia.

Não estava sozinho, mas acompanhado pelo parceiro do Zum Zum e do Brasil profundo, o homem que cantou os retirantes e os pescadores do Nordeste: Dorival Caymmi.

Baden Powell era o violão dos afro-sambas que escolhera para escoltá-lo naquele primeiro desembarque portenho. Completavam o grupo o talentoso músico e arranjador Oscar Castro-Neves e as versáteis moças do Quarteto em Cy, com quem Vinicius também já tinha tocado no Zum Zum.

Em um extremo do palco, ficaram Vinicius de Moraes e Dorival Caymmi. Alguns passos atrás, formando o vértice de um triângulo, o violão único e indescritível de Baden Powell.

Castro-Neves e o Quarteto em Cy posicionaram-se na outra lateral. No meio, a bateria ditava o acompanhamento.

Embora se sentisse seguro como poeta, Vinicius ainda não tinha tanta confiança como cantor. A parceria com Caymmi estava, em boa medida, ligada a essa insegurança.

Naquela época Vinicius se vestia de negro por timidez, como se pudesse passar despercebido.

O show tinha esquentado. Eram 22h30, hora prevista para o início da segunda sessão, mas o público da primeira não tinha a menor intenção de abandonar o Teatro Ópera.

As 3 mil pessoas que esperavam o segundo show estavam em plena avenida Corrientes atrapalhando o trânsito. Algumas decidiram se sentar no meio-fio, porque viram que o negócio ia demorar. Foi preciso chamar os seguranças para a plateia sair do teatro e deixar o pessoal de fora entrar.

Conta Alfredo Radoszynski:

Poderíamos ter feito uma semana de espetáculos com o teatro lotado. As pessoas ficaram loucas quando ouviram "Dia da criação". Não sei de onde surgiu tanta gente; vieram até artistas que estavam em Buenos

Aires e me pediram, por favor, que os deixasse entrar, como os Swinging Singers. O público foi cem vezes maior do que eu tinha imaginado.

O último violonista que acompanhou Vinicius em Buenos Aires, o uruguaio Ricardo Lacuan, estava convencido de que o poeta era um "enviado". Um ser ungido por uma entidade superior, ou pelo destino, para levar alegria ao sul do Cone Sul.

O público do Ópera captou de imediato esse poder que Lacuan identificou na música de Vinicius. Aos poucos, deixou de haver uma barreira clara entre os que estavam em cima e embaixo do palco. Uma onda de corpos cantava, dançava e gritava.

Vinicius estava possuído por uma vertigem que parecia não ter fim. Eram 22h20 e as pessoas não iam embora. Na avenida Corrientes já haviam ocorrido alguns empurra-empurras mais ou menos violentos. Foi aí que, preocupado com as consequências, Radoszynski chamou a segurança do teatro para esvaziar a sala e permitir a entrada para a segunda apresentação.

No camarim, os músicos comiam alguma coisa leve antes de voltar para a segunda rodada.

O poeta Mario Trejo, primeiro tradutor da poesia de Vinicius para o espanhol, desceu para visitar os músicos. Ele e Vinicius eram amigos porque compartilhavam o amor pela noite.

Em meio à ansiedade do Quarteto em Cy, um drinque apressado e uma comida que mal teve tempo de experimentar, o mestre Dorival Caymmi mostrou para Trejo um choro que acabara de compor.

Era o clima do camarim. Trejo já conhecia Caymmi de outra ocasião:

Conheci Caymmi na Bahia. Convidou-me para comer em sua casa, onde era comum que a gente sentasse em círculo diretamente no chão.

Pouco depois, começou a segunda apresentação.

Na metade do show, apareceram quatro ou cinco jogadores do Santos que tinham ido a Buenos Aires para um amistoso com o River

Plate. Radoszynski estava de pé no fundo da sala quando um funcionário do teatro aproximou-se e sussurrou:

– Senhor, ei, senhor.

– Ah, o que foi? – perguntou Radoszynski, impaciente.

– O Pelé está aqui.

– Quem? Como assim o Pelé? Onde?

– No hall...

Radoszynski correu até uma das portas laterais.

– Ei, pessoal, vamos entrando por favor – dizia, dando tapinhas nas costas dos quatro ao mesmo tempo. – Vamos pelo canto até o palco.

Alguns reconheceram os homens que avançavam, um a um, pelo corredor lateral da esquerda, e contaram para o resto da plateia.

De pé, o público ria, gritava, aplaudia, e houve até quem berrasse, em perfeito português: filhos da puta! Os jogadores subiram no palco.

Baden Powell improvisou uma batida de samba ao estilo Pixinguinha. A bateria acompanhou. Vinicius se aproximou para abraçar os jogadores. Pelé ficou um bom tempo desnorteado e começou a chorar como uma criança assustada.

Do lado de fora, na Corrientes, fazia frio e o vento que soprava da região do Bajo subia cortando como uma lâmina. Mas o clima no teatro Ópera era outro. E Vinicius tinha consciência disso.

Abençoo todos vocês! disse o poeta, em um dos pontos altos do que talvez tenha sido muito mais do que apenas um show.

As pessoas saíram do Ópera diferentes de como haviam entrado. Naquela noite, no centro de Buenos Aires, uma batalha contra a morte havia sido vencida.

Com Aníbal Troilo e Topo Gigio: pela porta principal

Um dia depois, o canal de televisão Teleonce recebeu os artistas brasileiros para uma apresentação amplamente divulgada. Assim como no Ópera, o show foi promovido pelos importadores e industriais do café brasileiro na Argentina. A formação dos músicos era a mesma da noite anterior.

Passada uma semana, em 20 de agosto, os brasileiros voltaram à TV, e novamente com muita publicidade. Dessa vez, participaram do programa *La galera*, acompanhados por Topo Gigio, pelo músico Aníbal Troilo e pelo ilusionista René Lavand. O programa era apresentado por Juan Carlos Mareco, com direção musical de Horacio Malvicino e direção artística de David Stivel.

Foram as primeiras das inúmeras vezes em que Vinicius apareceu na televisão argentina.

Os próprios anúncios do show do Ópera publicados nos jornais já falavam das duas apresentações na televisão. Foi uma estratégia singular de divulgação: primeiro, um único dia no teatro, e em seguida, dois shows na televisão, quando o mais frequente era o contrário. A explicação mais imediata é que os shows de Vinicius e Caymmi foram o ponto alto da ambiciosa guerra publicitária entre o Brasil e a Colômbia.

A presença de Vinicius no programa do dia 20 mostrou que ele podia conviver tranquilamente com personagens com propostas estéticas muito diferentes, como o Topo Gigio e o diretor artístico David Stivel. Com isso, a bossa nova saía dos redutos *cool* do Bajo portenho para entrar em todos os lares argentinos pela porta principal da televisão no horário nobre.

Em sua conhecida obra *América Latina em sua literatura,* César Fernández Moreno diz que "a bossa nova, no princípio, pareceu fundir a alta cultura com a cultura de massa". Vinicius manteve gestos mais ou menos permanentes nessa direção.

Poeta em Buenos Aires (I)

Depois dos shows no teatro e das duas apresentações na televisão, os músicos voltaram ao Brasil. Vinicius, porém, permaneceu em Buenos Aires cerca de um mês.

Um evento estava sendo preparado na rua Florida.

Desde a infância Vinicius gostava de tango e admirava Astor Piazolla. Numa das últimas exibições da ópera *María de Buenos Aires*, que inicialmente teve pouco êxito de público, Vinicius apareceu no teatro. Ninguém da orquestra sabia que ele estava lá. O poeta Horacio Ferrer, que fazia o papel do duende, lembra como foi:

> *Estávamos no meio do espetáculo e, de repente, alguém gritou: filho da puta! Era Vinicius, que estava na sala e nem sabíamos. O Piazzola, que na época ainda enfrentava muita resistência, adorou isso.*

Na rua Florida, o Instituto de Diretores de Arte foi escolhido para o lançamento do primeiro livro de Vinicius editado em espanhol: *Para vivir un gran amor.* Participaram da aventura o editor Daniel Divinsky e, como tradutores, os poetas René Palacios More e Mario Trejo.

A apresentação do livro ficou a cargo de outro poeta, Miguel Brascó. A propósito de Brascó, Divinsky se lembra de uma brincadeira que ele teve de fazer para controlar o tumulto no lançamento:

> *Vocês sabem quantos metros cúbicos de oxigênio um brasileiro precisa para respirar? E, num passe de mágica, temendo pela vida de Vinicius, um monte de gente foi embora. Entre os presentes também estavam os escritores Antonio di Benedetto e Daniel Moyano.*

O desenhista Enrique Breccia, faz-tudo do Instituto, constatou exaltado que tanto a cerveja (que promovia o evento) como o lanche haviam sobrevivido escassos 15 minutos.

O lançamento foi um sucesso, em grande medida por mérito pessoal da assessora de imprensa da editora, Suzana "Piri" Lugones.

Para vivir um gran amor é uma coletânea: Vinicius reuniu no livro poemas, crônicas e vários textos dispersos. René Palacios More traduziu as crônicas e Mario Trejo encarregou-se dos poemas.

Trejo, um renomado jornalista que se destacava nas revistas *Primera Plana* e *Confirmado*, era um profundo conhecedor do universo noturno de Buenos Aires. Vivia nas boates e nos bares do Bajo, entre eles o Jamaica, que chegou a ser conhecido por Jim Hall e Ella Fitzgerald. Em um desses lugares, ele e Vinicius foram apresentados.

Nos redutos da noite portenha, Vinicius já tinha sido apresentado a três grandes poetas argentinos antes de 1968: Francisco Urondo, Edgard Bayley e Juan Carlos Lamadrid.

Um jornalista da *Primera Plana* escreveu que a poesia de Vinicius era etilista e não elitista. "Não era a poesia que me unia a Vinicius", repete Mario Trejo, embora, obviamente, a literatura sempre pairasse entre os dois. Não custa lembrar que, aos 19 anos, Vinicius era um admirador fanático de Arthur Rimbaud. A tal ponto que, quando se olhava no espelho, dizia ver o rosto do "poeta maldito".

Diz Trejo:

> *Tenho um enorme carinho por esse livro (*Para vivir un gran amor*) porque mudei algumas coisas para preservar a sonoridade do português. Fiz uma proeza com essa tradução; Vinicius gostou muito e em seus espetáculos lia os poemas em espanhol.*

Sem dúvida foi uma proeza, porque, dali em diante, esse primeiro volume traduzido para o espanhol e editado em Buenos Aires por Daniel Divinsky se tornaria uma referência para os jovens universitários das grandes cidades da Argentina, do Chile e do Uruguai.

Em dois anos, a Ediciones de la Flor vendeu quinze edições de *Para vivir un gran amor*. O poeta, o visionário, o adolescente que no Rio dos anos 1920 sonhara ser o poeta maldito francês havia fincado raízes em Buenos Aires.

Talvez pela complexa identidade cultural dos argentinos, feita de tantas levas de imigrantes, ou porque ninguém é profeta em sua própria terra (e da mesma maneira que abraçamos de imediato Vinicius, rejeitamos Piazzolla), o brasileiro ficou lado a lado com escritores e poetas que, naquela época, contavam com o reconhecimento tanto de seus pares como dos leitores e de (alguns) editores.

Enquanto no Brasil o apelido de Poetinha foi um salva-vidas de concreto atirado em seu pescoço, em Buenos Aires as coisas se moviam em outro nível. Caso reste alguma dúvida, basta lembrar os nomes que mencionamos anteriormente.

Em um perfil que Mario Mactas escreveu sobre Vinicius para a revista *Gente*, em 22 de agosto de 1968, o poeta afirmou: "Tenho 54 anos e de manhã tomo café com uísque apenas quando me sinto eufórico, feliz; se não tomar, fico cheio de barreiras, de portas que se fecham. Aí os outros ficam de um lado e eu de outro. Isolado. Sozinho com muitas solidões [...]. Sempre foi assim [sobre a súbita irrupção da tristeza em seu ânimo]. Chega de repente e se instala. Já não dou mais importância. A primeira vez que notei que ela penetrava nos meus poros sem motivos foi em Los Angeles, para onde o governo brasileiro tinha me enviado em missão diplomática [...]. Você quer que eu fale dos meus filhos? Bom, são quatro: Susana e Pedro, do meu primeiro casamento, e Georgiana e Luciana, do terceiro. Não sei como eles são. Sim, não se espante. Não sei. Caminham muito livremente pelo mundo e eu os amo, isso é tudo."

Naquela época, Vinicius vivia dos direitos autorais de suas músicas e de um salário do Ministério das Relações Exteriores. Além disso, tomava uma garrafa de Old Parr por dia e se vestia de preto porque "sou tímido e assim passo despercebido".

Durante os dois shows do teatro Ópera, o poeta ficou sentado no palco, brincando de quando em quando com um copo de uísque.

Buenos Aires começava a adorá-lo.

Certa vez, Carlos Drummond de Andrade disse que Vinicius "foi o único de nós que viveu realmente como poeta".

Não há dúvida de que Vinicius cumpriu com o ideal romântico e criou uma unidade entre sua vida e sua obra. Viveu com a mesma intensidade que sua poesia e seu canto manifestam.

No sul do Cone Sul, foi um profeta fora de sua terra. O público argentino, especialmente os jovens dos grandes centros urbanos, reconheceu-o como poeta, cantor, hedonista e criatura "notivológica" (ótima definição que a revista *Panorama* fez dele, em alusão a seu amor à boemia).

Em Buenos Aires já se preparava a volta do branco mais preto do Brasil.

Poeta em Buenos Aires (II)

Vinicius gostava de dormir depois do almoço. Estava fazendo a sesta quando um empregado do hotel em que se hospedava em Portugal bateu na porta de seu quarto com insistência.

– Quem é?

– A imprensa quer falar com o senhor.

– Mas eu já dei uma coletiva ontem!

– Querem falar de algo que aconteceu no Brasil.

Palmeou os óculos caídos na gaveta aberta do criado-mudo. Colocou-os. Vestiu-se aos tropeções, calçou os mocassins de qualquer jeito e saiu arrastando os pés pelo corredor. Partiu obstinado, como se estivesse fugindo; nem sequer se lembrou do elevador, desceu meio estabanado os três lances de escada. Sua mulher, Cristina Gurjão, foi atrás dele.

Depois de falar com os jornalistas, Vinicius ficou sabendo que, no Brasil, o marechal Costa e Silva havia assinado, nas primeiras horas da manhã de 13 de dezembro de 1968, o Ato Institucional nº 5, o AI-5, medida extrema do regime militar que condenou centenas de brasileiros à perseguição e ao extermínio.

Na intimidade de seu quarto, Vinicius não sabia o que fazer primeiro: telefonar para o amigo Rubem Braga no Rio; considerar-se, a partir daquele instante, um exilado e não voltar mais ao país; ligar para outro amigo, adido cultural do Brasil em Portugal; ou simplesmente se matar.

"Eu me mato, eu me mato!", disse a Baden Powell. Naquela noite fariam um show juntos. Antes da apresentação terminar, Vinicius se manifestou contra aquele golpe dentro do golpe e recitou seu poema *Minha pátria*, enquanto Baden tocava os acordes do hino nacional.

Vinicius teve dúvida entre permanecer na Europa e voltar ao Brasil. Temia ser preso quando chegasse ao Galeão, o que não ocorreu. O que aconteceu, em verdade, poucos meses depois da sua sesta interrompida em Lisboa, foi a aposentadoria compulsória na diplomacia. "Demita-se esse vagabundo", dizia o memorando expedido em maio de 1969. Vinicius foi exonerado do serviço diplomático por sua afinidade com o mundo da noite, e não por uma questão política. No documento, curiosamente, a inteligência brasileira valoriza muito sua obra, mas dispara contra o notívago, o boêmio, o alcoólatra. A ideologia política de Vinicius não foi sequer mencionada no relatório.

Nesse mesmo ano, a jornalista carioca Cristina Gurjão, então sua mulher, ficou grávida. Mas a relação, marcada desde o início por contrariedades, sucumbiu no quinto mês de gravidez, quando Vinicius conheceu a atriz baiana Gesse Gessy.

O quinto e último filho de Vinicius, uma menina, nasceu em março de 1970, tendo de enfrentar, talvez em grau muito maior, a mesma síndrome de seus irmãos: a síndrome do pai ausente.

Como um bálsamo para tantas perdas afetivas, Buenos Aires esperava Vinicius de braços abertos.

Seu amigo Alfredo Radoszynski o aguardava no porto.

Ele vinha com o Dori Caymmi (filho de Dorival), que acabou virando um irmão para mim. Vários anos depois, quando cheguei ao Rio com minha mulher, Raquel, fomos visitar o Dori. Ele nos cedeu sua cama de casal: não permitiu que a gente fosse para um hotel. Dormia na sala com sua esposa! O Dori se sentia muito grato por ter sido tão bem tratado aqui em Buenos Aires.

Nessa viagem, Vinicius reuniu-se com frequência com Piazzolla e Horacio Ferrer. A admiração que sentia por Piazzolla juntou-se à amizade crescente com o poeta e parceiro de composição do músico argentino. Assim, na noite em que *Chiquilín de Bachín* estreou, Vinicius era um dos convidados na casa do músico e oftalmologista Eduardo Lagos.

Lembra Horacio Ferrer:

> *Naquela noite na casa do doutor Eduardo Lagos, na rua Paraguay, Vinicius estava enlouquecido. Piazzolla tocava piano e Amelita cantava.*

Ferrer retribuiu a visita assistindo às duas noites de Vinicius no teatro Embassy. Os dois pensaram em escrever um musical a quatro mãos, com choros, tangos e um título inquietante: *Os exilados da Cruz do Sul*. O projeto não foi adiante, mas abriu caminho para outras aventuras poéticas.

Noites na embaixada

No teatro Embassy, na rua Suipacha, 751, o produtor, compositor e empresário da banda de rock Almendra, Aníbal Gruart, organizou os sete recitais de poesia e canto que Vinicius (acompanhado de Dori Caymmi no violão e na voz, Zurdo Roizner na bateria e Mojarra Fernández no baixo) fez na primeira semana de novembro de 1969.

O ator, modelo, relações-públicas e figura onipresente da noite *cool* de Buenos Aires Edgardo "el Negro" Suárez subiu no escuro palco do Embassy e apresentou o espetáculo. Logo em seguida, começaram os aplausos.

Vinicius estava sentado em frente a uma mesa forrada de veludo escuro com uns papéis na mão. Os aplausos eram cada vez mais furiosos, mas ele se mantinha inabalável, esperando o garçom chegar com a garrafa de uísque e um copo com gelo.

Começou com a leitura da "Carta de Vinicius de Moraes a Dorival Caymmi, de Buenos Aires": "Passado um ano, estamos aqui de novo nesta querida cidade de Buenos Aires para transmitir aos portenhos, desta vez em um lindo teatrinho chamado Embassy, um pouco da nossa música [...]. Vamos trabalhar em um teatro menor, com um contato mais íntimo com o público, do jeito que a gente gosta [...], como se estivéssemos em nossas antigas festas da bossa nova, dando e recebendo amor para as pessoas com quem nos interessa falar e cantar, e que por sua vez querem nos escutar na intimidade, como se fôssemos velhos amigos [...]. Na última vez que você veio comigo teve a oportunidade de sentir a sensibilidade deste público que não conhecíamos e que nos deu uma amostra incrível de ternura e comunicação. Agora venho com teu filho, que é um pouco meu filho..." A solenidade do teatro estava quebrada.

Um dos traços distintivos da personalidade de Vinicius era seu dom de lidar com as pessoas, sua diplomacia, seu talento para ficar de bem com todo mundo. Horacio Molina, que conviveu com o poeta e dividiu o palco várias vezes com ele, recorda essas características:

> *Vinicius sabia cativar os outros. As pessoas se divertiam com ele porque era um cara que sempre estava para cima, talvez pelo álcool. Era nota dez em relações públicas; tinha muito bom trato.*

Depois de ler a carta a Dorival, Vinicius acrescentou: "Quero dedicar minhas canções a uma grande amiga, a escritora María Rosa Oliver. Para ti, Rosita! Disse, jogando um beijo para ela."

Imaginem a cena: o poeta e amante latino jogando charme para uma mulher paralítica, aristocrática e rebelde, descendente da *Belle Époque* agropecuária. O público adorou o *beau geste* e não escondeu.

Vinicius manejava com destreza os artifícios da sedução elegante. Sabia apelar para a sensibilidade do público sem cair no sentimentalismo.

A primeira parte do espetáculo foi cantada. Começou com "Insensatez" e "Garota de Ipanema", clássicos de sua parceria com Tom Jobim. Em seguida, Dori Caymmi soltou a voz e cantou duas composições próprias. Logo depois, abriu passagem para Vinicius, que interpretou uma música feita com Edu Lobo: "Arrastão".

Lembremos que, a partir do AI-5, a censura era moeda corrente no Brasil, e Vinicius tinha sido sumariamente afastado da diplomacia. Então, antes de interpretar "Irene", ao se referir ao autor da música, Caetano Veloso, como um cantor de protesto, deixou bem claro que também havia divergências entre ele e o regime.

Para Vinicius, a defesa do samba era uma questão não apenas estética, mas também ética. Por isso, resolveu encerrar a parte cantada do show com canções de pescadores do mestre e amigo Dorival Caymmi.

Os ensaios para as sete noites no Embassy aconteciam no quarto do hotel, onde Vinicius, sentado no chão, cantava com o jovem Dori Caymmi. Um repórter da revista *Confirmado* assistiu a um dos ensaios. Viu um Vinicius que elogiava a poesia e a música de Bob Dylan, Joan Baez e Burt Bacharach. E que dizia coisas do tipo:

> *Na França não acontece nada faz tempo. É o nível mais baixo. Boris Vian? Nunca escutei nada dele.* Cem anos de solidão *é absolutamente genial. Em toda a América, talvez no mundo inteiro, a Colômbia produziu o escritor mais importante dos últimos dez anos.*

Nessas sessões, que corriam ao melhor estilo dos sambas de roda, com as pessoas sentadas em círculo, cantando e tocando violão, Vina (como o chamavam seus amigos) também relia as traduções da edição argentina de *Para viver um grande amor.*

Pedro, meu filho...

Foi difícil para Vinicius escolher o texto que fecharia a parte recitada do show no Embassy. Finalmente, decidiu declamar um que diz coisas como essas: "[...] e porque vivemos tanto tempo juntos e tanto tempo separados, e o que a convivência criou nunca a ausência poderá destruir [...]. Porque tua barba vem da minha barba, e teu sexo do meu sexo, e há em ti a semente da morte criada por minha vida.

E minha vida, mais que um templo, é uma caverna interminável em cujo último esconderijo se oculta um tesouro que me foi legado por meu pai, mas que nunca encontrei e agora peço que descubras [...]. Por isso chorei tantas lágrimas para que não precisasses chorar, sem saber que criava um mar de pranto em cujos redemoinhos também haverias de perder-te [...]. E assim como sei que toda a minha vida foi uma luta para que ninguém tivesse que lutar mais: assim é o canto que te quero cantar, Pedro, meu filho."

Sua filha Maria nasceria em poucos meses. Prestes a ser pai pela quinta vez, Vinicius estava feliz e achava que poderia ser um menino, ainda que sua relação com a mãe do bebê tivesse entrado em contagem regressiva fazia tempo.

Havia algo mais profundo na escolha da carta-poema ao filho Pedro, algo que nem mesmo a ruptura de um casamento poderia ocultar. Vinicius tinha plena consciência de que estava em dívida com seus filhos por tê-los deixado sozinhos. Repetia com frequência uma frase que ele mesmo inventara e que retratava bem seu comportamento como pai: "Filhos... deveriam nascer com 15 anos!"

Em meados dos anos 1970, foram morar com Vinicius, em sua casa na Gávea, sua filha mais velha, Susana, e o marido dela, um cineasta americano. Era impossível dormir de noite com o barulho do nariz do cineasta, que tinha o septo perfurado. Vinicius acabou pagando uma cirurgia de reparação para o genro.

Na mesma época, também estava na Gávea o então cunhado de Vinicius, Carlos Rodríguez Santamaría, irmão de sua mulher Marta. Carlinga era muito jovem, tinha apenas 20 anos, e ajudava a controlar a entrada do Canecão, onde Vinicius, Tom, Miúcha e Toquinho mantinham uma temporada de shows lotados. Uma das filhas de Vinicius, Georgiana, que acompanhava algumas músicas na percussão, conheceu Carlos e em pouco tempo os dois começaram a namorar. Em meio àquela convivência, Carlinga percebeu nitidamente a grande dívida de Vinicius com os filhos.

Com a leitura de "Pedro, meu filho...", Vinicius fez uma homenagem não apenas a este filho, o segundo do poeta, mas a todos os outros. Pediu-lhes desculpas, e a angústia se apoderou de toda a plateia do teatro.

Depois, as pessoas pediram bis. Vinicius então cantou "Se todos fossem iguais a você", e uma estranha alquimia dominou o lugar. Os mais jovens, que não podiam conter a emoção, aproximaram-se do palco e, entre uns vinte que estavam ali, um deles, o neto do escritor Juan Carlos Dávalos, chegou a subir e beijar Vinicius, quase em transe. Naquela altura da noite, o artista brasileiro era aplaudido de joelhos.

Antología... para María Rosa e Pirí

No fim de outubro, duas semanas antes dos shows no Embassy, apareceu nas livrarias o segundo título de Vinicius: *Antología poética.* Publicado novamente pela Ediciones de la Flor, o livro virou sucesso de vendas em muito pouco tempo.

Conta Daniel Divinsky:

> *Não foi por acaso: planejamos o lançamento um pouquinho antes das apresentações de Vinicius no teatro. Da mesma forma, também não foi por acaso que a primeira edição de* Para vivir un gran amor *tenha coincidido com o show no Ópera.*

Mas Vinicius não gostou da tradução da *Antología*. Antes de voltar para o Rio, deixou com seu editor um exemplar com várias anotações e a orientação de só reimprimir o livro quando ele mesmo aprovasse a nova versão. Divinsky cumpriu a palavra e, quase um ano depois, a Ediciones de la Flor lançou uma "primeira edição revisada pelo autor em colaboração com María Rosa Oliver".

As resenhas publicadas na imprensa foram bastante duras com a primeira edição. Lendo-as, fica claro que fizeram eco ao descontentamento de Vinicius.

Não era comum vê-lo irritado, mas o corte de alguns poemas da *Antología* e, para completar, uma forte gripe conseguiram tirá-lo do sério. Só sua amiga-madrinha María Rosa Oliver foi capaz de acalmá-lo, ao prometer revisar a tradução pessoalmente, verso por verso, e cotejá-la com o original em português.

Mas ela não fez o trabalho sozinha. Susana "Pirí" Lugones participou da revisão dos poemas.

Pirí era neta do poeta Leopoldo Lugones e filha do chefe da Polícia Federal que introduziu o choque elétrico nos interrogatórios policiais. Nasceu em Buenos Aires na década de 1920. Uma pólio quando pequena deixou-a manca para o resto da vida. Cursou o secundário na Escola Normal Superior de Línguas Vivas. Estudou na Faculdade de Filosofia e Letras. Casou-se, teve três filhos e, após alguns anos, separou-se do marido. Foi ela que escolheu o nome da Ediciones de la Flor, da qual foi assessora de imprensa. Seu apartamento perto da estação de trem Primera Junta, em Buenos Aires, foi um ponto de encontro em que nasceram projetos como o selo de discos Mandioca (o primeiro a gravar rock argentino), a Ediciones de la Flor, a editora Jorge Álvarez e as edições mais relevantes da obra de Rodolfo Walsh.

Pirí viveu sob o estigma familiar do suicídio: seu avô, Leopoldo Lugones, seu pai, Polo, e um de seus filhos deram cabo de suas vidas. Não foi uma mulher liberal, como se afirma levianamente, mas sim uma mulher apaixonada.

Durante a ditadura militar, virou *montonera*[2] e isso lhe custou a vida. É um dos melhores exemplos da mentalidade e das preocupações da intelectualidade argentina entre 1955 e 1975.

Vinicius e Pirí se conheceram em 1968, por ocasião do lançamento de *Para vivir un gran amor.* Ela foi responsável por toda a divulgação do livro e organizou o evento na rua Florida. Naquele inverno, durante o mês e pouco que Vinicius ficou em Buenos Aires, os dois viveram um romance.

---

[2] Montoneros foram guerrilheiros argentinos que se identificavam com o pensamento de esquerda nos anos 1970.

É curioso que duas mulheres marcadas pela rebeldia e atingidas pela pólio tenham revisado, verso por verso, a antologia. O trabalho foi mais uma prova da abnegação e tenacidade de Pirí e María Rosa Oliver.

Antes dos poemas, há um texto, *Explicação necessária*, escrito por Vinicius em agosto de 1970. Nele, o poeta diz o seguinte sobre as duas amigas: "A primeira, grande escritora argentina, internacionalmente conhecida por seu incansável trabalho em prol da paz e do entendimento entre os países e os homens, é há muito tempo uma amiga querida cuja vida é um exemplo de abnegação e estoicismo. Da segunda, neta de Lugones, direi que, por inata modéstia e excesso de autocrítica, ainda oculta dotes de escritora que certamente se revelarão com o tempo."

A edição em português da *Antología poética* não tem dedicatória, mas a versão em espanhol é consagrada a Pirí e María Rosa. "A elas, pois, por mais essa prova de dedicação e amizade, e também em homenagem aos seus extraordinários dotes de inteligência e sensibilidade para com as palavras, o autor quer dedicar este livro."

As duas amigas restauraram a língua espanhola em cada verso da edição argentina.

Esse rapaz espanhol

Um livro curioso, essa *Antología*. Em primeiro lugar, porque foi traduzido a dez mãos. Isso mesmo: as dos tradutores iniciais, Jofré Barroso e Juan José Hernández; as de María Rosa e Pirí; e, por último, as de Vinicius de Moraes, que deu a aprovação definitiva.

Em segundo, pelo poema *La hora íntima* e pela controvérsia que gerou.

Numa noite do verão de 1971, Vinicius estava comendo, como fazia sempre antes do show, no restaurante Villa d'Este, que ficava no térreo do chalé de Playa Grande, onde funcionava o La Fusa de Mar del Plata. Na mesma mesa comprida, também estavam Helena Goñi, Toquinho, Gesse Gessy e Chico Buarque.

Segundo Helena, Vinicius dizia ter claustrofobia do pé e por isso, em casa, só andava descalço ou de chinelo. Quando estava sentado à mesa, tirava os mocassins e nós, que éramos uns pirralhos na frente dele, começávamos a brincar com os seus sapatos. Dissimuladamente, sem ele perceber, chutávamos os mocassins de um lado para o outro. Estávamos fazendo isso quando apareceu o Serrat.

Já fazia alguns dias que Joan Manuel Serrat queria encontrar Vinicius.

– Mestre, eu o admiro muitíssimo. Para mim é uma honra estar falando com você agora. Além do mais, eu queria vê-lo porque andam dizendo por aí que eu plagiei um poema seu. Por favor, acredite, eu jamais faria uma coisa dessas. Eu não conseguiria – disse Serrat, que parecia um pouquinho nervoso.

– Não ligue para o que dizem por aí. Para mim é uma honra que você esteja aqui – respondeu Vinicius.

Serrat se referia à sua música "Si la muerte pisa mi huerto", que parece uma cópia do poema *La hora íntima*.

Pouco depois, quando Serrat foi embora, todo mundo ficou falando sobre o assunto. Vinicius comentou: "Agora dizem que esse rapaz espanhol me plagiou. Sei lá. Não me importa".

A jornalista Helena Goñi, que trabalhava na revista *Primera Plana* e era relações-públicas do La Fusa de Mar del Plata, conviveu com Vinicius durante todo aquele verão. Por isso, não hesita em afirmar: "Posso dizer na frente de um escrivão e deixar registrado em cartório, processar Serrat por plágio nem passava pela cabeça de Vinicius."

Será que considerou a cópia uma homenagem? Será que chegou a ter plena consciência do plágio e, mesmo assim, não se importou? Quando Joan Manuel Serrat chegou ao Villa d'Este, Vinicius estava bebendo havia horas, como todos os dias. Plágio ou não plágio? Era uma questão sem importância.

Os rapazes de antes não usavam brilhantina

O bar do hotel era o escritório particular de Vinicius. Chegar e perguntar por ele arrancava sempre o mesmo gesto do *concierge*, indicando a área de drinques. Estava sempre rodeado de gente e, se algum traço o distinguia, era a informalidade. Em uma noite de estreia, por exemplo, subiu ao palco com a mesma camisa que tinha usado o dia todo. Mas se mostrou tão gracioso e expansivo que ninguém reparou se estava ou não elegante.

A cenógrafa e artista plástica Renata Schussheim, amiga de Vinicius, lembra-o da seguinte maneira:

> *Ele não era elegante, parecia um bebê. Podia andar com a camisa amarrotada, passar dez dias com a mesma calça. Tomava banho, sim, e muito. Tinha coisas maravilhosas, como uns banhos de imersão em que colocava uma prancheta na beira da banheira para fazer uma mesinha e poder escrever. Passava horas desse jeito; eu dei a ele o apelido de Moby Dick. O que seduzia nele era o seu amor e o gosto pelas mulheres. Era muito desajeitado, nunca o vi de terno. E também não era um sedutor profissional.*

Em Buenos Aires, o quarto de Vinicius e o bar do Impala eram o centro da vida noturna da época. Vinicius recebia os amigos em sua casa: o hotel. No quarto, onde esperava os mais íntimos, muitas vezes recebia-os na banheira. Até entrevistas deu debaixo d'água, como uma publicada na revista *Confirmado*. Em uma conversa de quase duas horas com o jornalista, bem descontraída, como ele gostava, Vinicius falou à vontade sobre vários assuntos.

Com a jovem literatura do Brasil, foi inclemente. "A música e o cinema são os únicos setores da arte onde há uma busca nacional." Também arremeteu contra a nova poesia brasileira, que considerou "castrada porque não é feita de sangue e suor". Para colocar-se do lado oposto e deixar claro a qual poesia não pertencia, tinha lido no palco três sonetos de amor em português e um em espanhol, o poema-carta ao filho Pedro. Com isso, mostrava as credenciais de sua virilidade.

Quando o jornalista lhe perguntou sobre Nicanor Parra, respondeu: "Quem é ele?" De poesia chilena, bastava-lhe o velho amigo Pablo Neruda, mais especificamente o Neruda de *Residencia en la tierra*.

O jornalista mencionou o filme *Orfeu negro* e Vinicius se limitou a dizer com desprezo: "esse que os franceses fizeram."

Vinicius estava em seu meio, à vontade. Não precisava ficar bem com nenhum dos presentes, que começou a considerar aliados, amigos.

De literatura argentina conhecia Cortázar, María Rosa Oliver e Borges, que lhe parecia muito "cerebral".

No dia em que conheceu Borges, Vinicius se encontrou com Renata Schussheim para o tradicional gim-tônica das sete:

> *Voltou desencantado porque Borges fez algum comentário sobre a comida e também falou mal dos homossexuais.*

Na noite anterior, Vinicius fora a um show de Aníbal Troilo e, do meio da plateia, gritara: "filho da puta", para expressar a comoção que o bandoneón do músico lhe impingia.

Vinicius gostava muito de tango, a ponto de ter todos os discos de Gardel em sua casa no Rio. Quando pequeno, costumava ouvir sua mãe cantar os tangos da moda, e assim ficou sabendo "Caminito" de cor. As primeiras frases que disse em espanhol foram as que aprendera ao cantar esse tango para a família.

O banho de imersão tinha terminado, mas a conversa com o jornalista continuava. Já era noite e o uísque começara a correr. Os maços de cigarro que Vinicius comprava no navio estavam quase todos vazios, em uma mala aberta em cima da cama. "Escrevo canções para chegar a um público maior do que a elite que lê livros", disse de repente, enquanto levantava.

Sem dúvida, Vinicius era uma *avis rara*: um homem educado nos cânones clássicos, bem anteriores à revolução dos *mass media*, que se tornou cantor e letrista.

Naquela noite de confissões com o jornalista da *Confirmado* e a jovem arquiteta que o curava de seu mais recente naufrágio amoroso no Rio, Vinicius também disse: "Eu desconfio dos movimentos extremos. O amor também é uma forma de protesto."

Quase um ano antes da superpromovida cena de John Lennon com Yoko Ono na cama, Vinicius disse que amar era revolucionário. O amor livre estava no ar.

A jovem arquiteta portenha que o acompanhou naqueles dias lembra:

Nós tínhamos muitos condicionamentos aqui. Eu mesma vinha de uma escola religiosa. Naquela época li As portas da percepção *e dei uma sacudida. O que fazíamos era uma reação à educação repressiva que tivéramos. Mas na verdade só rompíamos por fora; por dentro, demorou muitos anos. Com o amor livre e as drogas, ninguém conseguiu vencer as barreiras e os medos. Muitos anos depois, me encontrei com amigos homens que diziam que naquela época sentiam que, se não praticassem o amor livre, seriam considerados uns babacas. No meio de tudo isso eu conheci o Vinicius. Foi numa reunião na casa de Dina Roth, para a qual eu tinha sido convidada pelo Negro Suárez. Éramos três amigas, duas loiras estonteantes e eu, e tínhamos que jogar o seguinte jogo, que o Negro nos havia proposto: seduzir o Vinicius durante a festa. Ganharia quem ficasse com ele. Eu era tão, mas tão tímida, que passei o tempo todo sentada em um cantinho. Foi aí que o Vinicius se aproximou. Começamos a conversar e naquela noite fiquei com ele no hotel. Passamos várias noites juntos. Voltamos a nos encontrar em uma ou duas outras viagens que ele fez. Depois, soube que tinha se casado. Não há nada que me lembre dele que não tenha sido doce. Quando estávamos sozinhos no quarto, às vezes nos sentávamos no chão e ele cantava e tocava violão assim de repente. Como se fosse a coisa mais normal do mundo.*

Poeta em Buenos Aires, Vinicius continuava a ser um mártir da beleza e um aristocrata do intelecto.

Numa daquelas tardes, saindo da Arenales como na música "Balada para un loco", de Piazzolla e Horacio Ferrer, deixou-se levar mansamente por seu editor porque "era preciso autografar livros" e o uísque estaria assegurado.

A apenas duas quadras do hotel, a avenida 9 de Julio era um grande canteiro de obras: as últimas casas, nas esquinas da Santa Fe, Marcelo T. de Alvear, Cerrito e Carlos Pellegrini, estavam sendo demolidas.

A ampliação da avenida decretou o fim da pioneira boate Bossa Nova, que tinha colunas pintadas no mesmo estilo das ruas de Ipanema e mesinhas com barracas de praia suspensas do teto.

Era o fim de uma década.

O La Fusa

O La Fusa de Buenos Aires funcionou entre o inverno de 1970 e meados de 1982. Foi o irmão caçula do La Fusa de Punta del Este, aberto no verão de 1969 pelo casal Coco Pérez e Silvina Muñiz.

Horacio Molina, excelente cantor e violonista, inaugurara a casa de Punta com um espetáculo em que tocava tangos, boleros e bossa nova. O artista já havia mostrado seu talento para a música brasileira ao dividir o palco, em 1962, com o grupo Os Cariocas, em uma participação no programa de televisão *Los Sábados Circulares de Mancera*. "Eles me ensinaram as manhas do violão da bossa", lembra Molina.

No verão seguinte, quando Vinicius, Maria Creuza e Dori Caymmi foram tocar no La Fusa de Punta del Este, Molina apurou ainda mais a técnica, que tinha na batida seu maior diferencial.

> *O fundamental do gênero é a batida que a mão direta faz nas cordas. Isso foi uma verdadeira síntese rítmica do violão brasileiro clássico, porque na bossa nova o som é mais essencial, mais curto, e tem um suingue incrível que se consegue porque há sons no ar que não estão marcados.*

O primeiro disco de bossa nova, gravado por Elizeth Cardoso e João Gilberto, chegou a Buenos Aires em 1959. O impacto foi imediato entre os frequentadores do Bajo portenho, em casas noturnas como a 676 ou a Jamaica. Conta Molina:

Quando o João Gilberto apareceu, fiquei louco. Os discos dele vendiam muito bem em Buenos Aires; foi por ele que conheci as músicas do Vinicius de Moraes. Aquilo tudo pegou muito forte em um determinado grupo.

No primeiro verão do La Fusa de Punta, a programação inicial previa que subiriam ao palco, uma vez por semana, Amelita Baltar, Nacha Guevara, Mariquena Monti, Jorge de la Vega, Pedro e Pablo, Carlos Perciavalle e Horacio Molina. Mas, com o sucesso de Molina, ele ficou durante toda a temporada de 1969 e se apresentou também na de 1970 e 1971.

La Fusa foi uma casa de três pilares: Inés Quesada, Coco Pérez e Silvina Muñiz.

Inés já havia tido uma experiência de grande importância no mundo do espetáculo alternativo argentino, com Antonio Gasalla e Carlos Perciavalle. Em um subsolo da avenida Libertador, os três criaram um gênero novo: o café-concerto. Por isso, não era de se estranhar que fosse ela quem administrasse a parte artística do La Fusa. Conta Molina:

Uma tarde ela ligou para a minha casa e me chamou para cantar num café-concerto novo em Punta, onde também estariam Amelita, Carlitos Perciavalle, Mariquena... Eu disse que sim. Ela era como uma relações-públicas de um ambiente progressista e mais underground do que o Di Tella.

Helena Goñi, que trabalhava na *Primera Plana*, tinha ficado amiga de Carlos Perciavalle e Antonio Gasalla. Foi por meio deles que conheceu Inés:

Inés Quesada vinha de uma família chique: era culta, brilhante, refinada. Falava vários idiomas, entendia de cinema e de teatro e, além do mais, era linda. Foi ela que organizou tudo para a encenação de Help Valentino, *a obra com que Carlitos e Antonio criaram o café-concerto.*

Coco Pérez era outro pilar do espetáculo no La Fusa. Depois de abandonar o trabalho de livreiro, mergulhou fundo na música. No começo dos anos 1970, montou em Montevidéu o Oriental Jazz

Quartet e, em Buenos Aires, foi o piano que acompanhou oficialmente Mariquena Monti. Ela e Alberto Favero ensaiaram no casarão de Pérez na rua Montevidéu, por onde também passaram Dizzy Gillespie e o Modern Jazz Quartet inteiro. Era um homem bonachão e tinha a veia artística que faltava a sua esposa, Silvina.

E, por último, o terceiro e mais importante pilar do La Fusa: Silvina Muñiz. Sem ela, não teria sido possível a intensa e profunda relação de Vinicius com a Argentina. Quem a conheceu se lembra dela como uma mulher criativa e uma empreendedora inata. Uma mulher que, se fosse preciso, apostaria tudo o que tinha para ganhar um bom prêmio. Helena Goñi a define como:

> *Era uma* gambler. *Era uma dessas pessoas que podiam dizer: quero dobrar a aposta, depois de ter tido muito azar no primeiro lance. Tinha muito charme, por isso ninguém conseguia se irritar com ela, embora em Mar Del Plata tenha aprontado mil e uma conosco.*

Foi Astrid de Ridder, uma amiga comum de Silvina e Vinicius, que apresentou um ao outro. Quando se conheceram, o La Fusa de Punta já estava funcionando e, quase no mesmo instante, Silvina chamou Vinicius para cantar na casa durante a temporada de 1970. Já exonerado da diplomacia, o poeta aceitou sem pensar duas vezes. A partir de então, e sem nenhum empresário no meio, Vinicius assinou diversos contratos com Silvina Muñiz para várias apresentações que terminaram, de maneira pouco amistosa, com os shows do La Fusa de Mar del Plata no verão de 1971.

Do ponto de vista econômico, o período em Mar del Plata acabou de forma insatisfatória para os músicos, incluindo Vinicius. Isso gerou controvérsias entre eles e a dona do local.

Com o passar dos anos, Vinicius fez as pazes com Silvina, mas não voltou a tocar no La Fusa (a não ser em uma ocasião isolada em setembro de 1977, que não teve divulgação e ocorreu porque ele estava por acaso em Buenos Aires). Segundo Alfredo Radoszynski, foi por esse motivo que eles não gravaram um terceiro LP, que teria sido outro grande sucesso de vendas.

Do ímpeto empreendedor de Silvina ficaram dois frutos memoráveis: os LPs produzidos por Radoszynski, que, gravados no estúdio, reproduzem as apresentações de Vinicius com Maria Creuza, Maria Bethânia e Toquinho nos palcos intimistas do La Fusa.

Um Buda bossa-nova

"... Bossa nova é mais a solidão de uma rua de Ipanema que a agitação comercial de Copacabana. Bossa nova é mais um olhar que um beijo; mais uma ternura que uma paixão; mais um recado que uma mensagem. Bossa nova é o canto puro e solitário de João Gilberto eternamente trancado em seu apartamento, buscando uma harmonia cada vez mais extremada e simples nas cordas de seu violão [....] Bossa nova é também o sofrimento de muitos jovens, do mundo inteiro, buscando na tranquilidade da música não a fuga e alienação aos problemas do seu tempo, mas a maneira mais harmoniosa de configurá-los. Bossa nova é a nova inteligência, o novo ritmo, a nova sensibilidade, o novo segredo da mocidade do Brasil: mocidade traída pelos mais velhos, pais e educadores, que lhe quiseram impor os próprios padrões gastos e inaceitáveis. Bossa nova foi a resposta simples e indevassável desses jovens a seus pais e mestres. Uma estrutura simples de sons super-requintados de palavras em que ninguém acreditava mais, a dizerem que o amor dói mas existe; que é melhor crer do que ser cético; que por pior que sejam as noites, há sempre uma madrugada depois delas e que a esperança é um bem gratuito: há apenas que não se acovardar para poder merecê-lo."

Era assim que Vinicius definia o novo gênero que, naquela época, fim dos anos 1950 e início dos 1960, adquiriu um alcance inimaginável no Brasil.

O termo "bossa nova" se disseminou tanto que foi usado para batizar tudo o que era novo ou diferente. Bastava alguma coisa ou atitude romper os moldes convencionais que recebia essa denominação: a fachada desbotada de uma casa de Botafogo ou um cartaz de propaganda meio caído podia receber o atributo "bossa nova".

O próprio presidente Juscelino Kubitschek passou a ser chamado "o presidente bossa nova". Esses exemplos indicam que, em suas origens, o gênero foi um genuíno movimento de ruptura artística, filosófica e cultural.

Já se haviam passado quase dez anos do nascimento da bossa e, no entanto, alguns postulados enunciados por Vinicius continuavam tão vigentes como no primeiro dia. Sobretudo, o de "que o amor dói, mas existe".

Vinicius chegou a Punta del Este nos primeiros dias de 1970, contratado por Silvina Muñiz. Ainda tinha as cicatrizes visíveis do que chamou a Guerra dos Candelabros. No fim do ano anterior, a relação com sua sexta mulher, Cristina Gurjão, que então estava grávida, não tinha mais volta. No meio de uma discussão, ela se enfureceu com Vinicius porque tinha provas de que ele a estava traindo. De início ele tentou desconversar, mas depois, timidamente, acabou confessando que havia se apaixonado por outra mulher. A resposta de Gurjão foi imediata. Jogou na cabeça do marido os primeiros objetos contundentes que encontrou: dois candelabros de ferro. Aterrorizado com a cólera da mulher, Vinicius conseguiu chegar à rua aos tombos e ensanguentado. O resto é lenda.

Na juventude, Cristina Gurjão havia sido uma das primeiras mulheres cariocas a aparecer sozinhas em uma boate. Uma das primeiras a usar biquíni. Uma das primeiras a colocar um escandaloso vestido-saco que, pouco depois, seria regra nos salões elegantes da cidade.

Alguns dias depois da Guerra dos Candelabros, Vinicius viajou ao Uruguai para se apresentar no La Fusa. Estava com a mulher que seria sua sétima esposa, uma suposta atriz, baiana e filha de mãe de santo: Gesse Gessy.

De noite, Vinicius cantava e recitava no café-concerto. Às vezes dividia o palco com Horacio Molina, embora seu parceiro na temporada tenha sido Dori Caymmi. A verdadeira revelação entre os brasileiros era a mulher que os acompanhava: Maria Creuza, uma cantora baiana muito jovem e na época desconhecida tanto na Argentina e no Uruguai como no Brasil. Tinha sido apresentada a Vinicius por Gesse Gessy.

De tarde, quando o sol não queimava tanto, Vinicius fazia recitais gratuitos em um dos muitos e serpenteantes terraços da Casapueblo, a residência do artista plástico Carlos Páez Vilaró, onde o brasileiro era hóspede de honra. "É para que venham as crianças, os que escapam da noite", dizia Vinicius.

Alfredo Radoszynski, que pouco depois se tornaria o produtor discográfico de Vinicius em Buenos Aires com seu selo independente Trova, visitou o poeta na Casapueblo. Vinicius servia de divulgação para Páez Vilaró. Dizia que lá não tinha nem comida.

Essas outras apresentações de Vinicius deixaram Silvina Muñiz bastante irritada: sendo a produtora do show no La Fusa, ela teve de lidar com a concorrência desleal dos recitais gratuitos na Casapueblo, que conseguiu enorme visibilidade à custa do (gratuito) hóspede de honra.

Foi na segunda temporada do La Fusa, no verão de 1970, que Vinicius e Horacio Molina se conheceram e iniciaram sua amizade.

> *Estivemos juntos no La Fusa de Punta del Este, depois no de Buenos Aires, e meio que moramos juntos na temporada de 1971 em Mar del Plata. Vinicius se esforçava, como se fosse um Buda, um enviado, como se fosse uma religião o ato de não julgar os outros e manter o otimismo. Era uma pessoa de muito bom trato.*

Naqueles dias, havia uma inquietude, um desassossego em Vinicius. Ele passava longos períodos olhando o mar, sozinho, meio perdido e escondido entre os labirintos da Casapueblo.

"Sabe o que sou? Um Buda de bermuda. É isso que eu sou. O dia todo em silêncio, contemplativo. Não amo muito o sol. Não me obrigue a ser fotografado com esse sem-vergonha me queimando", afirmou ao jornalista Mario Mactas em uma entrevista para a revista *Gente*.

No dia da entrevista, Vinicius estava especialmente nervoso porque tinha circulado a notícia de que ele havia morrido. Estranha coincidência. Um ano depois, em fevereiro de 1971, quando o poeta estava em Punta del Este, as rádios uruguaias repetiram uma informação parecida, divulgada por emissoras cariocas. Desta vez, segundo o noticiário, um acidente de carro o havia matado.

Da Bahia, com amor?

Esta foi a primeira turnê que Vinicius fez em companhia de Gesse. Mesmo depois de décadas, a baiana é lembrada com aborrecimento e até mesmo desdém por alguns dos amigos do poeta em Buenos Aires.

A única explicação para a cegueira de Vinicius era o fato de estar apaixonado, como deixou claro na entrevista que deu à revista *Gente*. "É de fogo, é profunda, é um animal terno. Certamente a conheço de alguma outra vida. Ela me protege contra todos os males, como este colar que tenho no pescoço ou esses anéis em forma de víbora, de duendes. Não creio em Deus, mas sim no meu colar, nos meus anéis. Cada vez mais. São parentes do mistério."

A atriz e cantora Egle Martin conheceu Vinicius em sua fase Gesse. Ela lembra que naquela época, quando ia para Buenos Aires, o brasileiro às vezes se hospedava em um apartamento emprestado por seu amigo Fred Sill, presidente da filial argentina da Paramount Pictures Company. O apartamento ficava na esquina da avenida Las Heras com a Coronel Díaz.

Sill nasceu nos anos 1930 na região do Canal do Panamá, filho de um engenheiro que trabalhara no projeto. Depois se mudou para os Estados Unidos para fazer o último ano do curso preparatório para a universidade em uma instituição tradicional e elitista na Nova Inglaterra, na qual só se podia entrar por méritos de sangue. Naqueles anos, a instituição era dirigida por um parente de seu pai. "Fui ao colégio Kent", conta Sill, "mais Ivy League que a Ivy League." O executivo cursou parte da universidade em Madri e se graduou em Ciências Liberais na Nova Inglaterra. Porém, quase toda sua vida profissional se deu fora dos Estados Unidos. Desde o início da década de 1970, fixou residência quase permanente em Buenos Aires e no Rio de Janeiro. Na casa do adido cultural da Embaixada dos Estados Unidos na Argentina, Sill conheceu Egle Martin e, por ela, Astor Piazzolla. "Astor era uma pessoa muito sensível e Egle, sua musa inspiradora", lembra. "Ele vinha ensaiar na minha casa e uma noite um vizinho ameaçou chamar a polícia. Piazzolla teve que parar."

Egle foi apresentada a Vinicius pelo marido, o advogado-fazendeiro-aristocrata Lalo Palacios, que conhecera o poeta anos antes em Paris, onde dividiram álcool, noite e talvez alguma casa de tolerância.

Lembra Egle:

Lalo o salvou do suicídio. Vinicius queria se matar por uma mulher. Antes de nos apresentar ele me disse: "Vou apresentá-la a alguém que você precisa conhecer e que você vai adorar." E, quando Vinicius e eu nos conhecemos, não nos separamos mais. Muitas vezes ele vinha sozinho com o Toquinho. Lá no apartamento de Fred, tinha uma moça, Rosa, que limpava a casa e preparava a comida para eles. Vinicius escreveu para ela "Samba da Rosa". Vi como ele compunha essa canção e como Toquinho ia fazendo a música. Muitas vezes nos juntávamos no banheiro; ele ficava na banheira com uma prancheta que tapava as partes e servia para apoiar a máquina de escrever. Toquinho sentava no bidê e eu na privada, ou vice-versa. Foi ali que ele compôs esse samba.

Egle era vizinha e ia quase todos os dias para o apartamento de Sill em que Vinicius estava. Mas trabalhar com ele não foi de todo fácil. A artista estava em busca das raízes africanas na música argentina e Vinicius dizia ser o branco mais negro do Brasil. Parecia, portanto, que tinham sido feitos um para o outro. Porém, as coisas foram diferentes. Muitas vezes, quando Egle chegava ao apartamento de Fred para iniciar os trabalhos, alguma mulher ligava para Vinicius e ele saía na mesma hora, deixando a amiga com Toquinho. Até que um dia ela se irritou e disse: "Não faça mais isso." Uma vez, pelo mesmo motivo, Vinicius chegou ao extremo de não aparecer no estúdio para gravar uma música composta com Egle. Esse trabalho ficou inédito.

Fred Sill era proprietário dos dois últimos andares, o 12º e o 13º, do edifício na avenida Las Heras, 3000. Quando ele e Vinicius coincidiam em Buenos Aires, o executivo ficava no 12º e deixava o poeta no 13º, um apartamento menor, mas com um amplo terraço. De lá, Vinicius olhava na diagonal para a esquerda e se comunicava em gestos com a atriz e vedete Libertad Leblanc, que também morava em um 13º andar, a meia quadra dali.

Os dois passaram muitos fins de semana na chácara que "a loucura mais louca do mundo", como Vinicius chamou Libertad, tinha em Parque Leoloir, bairro nobre do município de Ituzaingó, na grande Buenos Aires.

Vinicius atravessava a rua com Gesse e a garrafa de uísque, entrávamos nos carros e íamos para a minha chácara. Lá estavam minha mãe e minha filha com os caseiros, que nos esperavam com churrasco e empanadas. Vinicius adorava aquilo. Para um brasileiro acostumado com a natureza do Rio, o verde da chácara era relaxante, mas ele, assim como eu, não gostava de sol, caía muito pouco na piscina. Além disso, com sua sensibilidade, ele via que, por trás da nossa relação, não havia nenhum interesse, e ele sabia muito bem que não é comum que seja assim, e que ficávamos juntos porque nos divertíamos. Então, Vinicius colocava um chapéu de abas grandes, sentava e começava a cantar com o Toquinho. A mesa da churrasqueira, que era para doze pessoas, estava sempre cheia. Às vezes também ia o ator Jorge Salcedo.

No terraço do seu 13º andar, Libertad havia mandado fazer um jardim suspenso, o que naqueles anos estava na vanguarda do paisagismo. O paisagista havia montado algo com pedras que representava um oásis. Conta Libertad:

Parece que ainda vejo o Vinicius ali, sentado sobre as pedras. Ele era muito supersticioso e, por isso, usava um monte de colares. Tinha um branco, como de nácar, que me chamava muito a atenção. Me aproximei e pus a mão nele. Não! Gritaram todos. Parece que não era permitido tocar nos colares de Vinicius. Mas ele interrompeu todo mundo dizendo: "Ela pode, porque tem uma inocência, alguma coisa de que nem sei se tem consciência. Algum dia vai descobrir." Em uma de suas viagens, Gesse me trouxe da Bahia um colar de búzios com um grande peixe de prata no centro e disse que, quando eu estivesse me sentindo mal, o segurasse bem forte. Eu usei várias vezes esse colar.

Libertad, convicta de que todo viciado é depressivo, mais de uma vez perguntou a Vinicius:

– Por que você bebe tanto? Não vê que lhe faz mal?

– O que ocorre é que estou possuído por um espírito alcoólatra – recebeu como resposta.

Libertad confessou, mais tarde, que nunca soube se ele estava falando sério ou de brincadeira.

Para Vinicius, no começo dos anos 1970 o alcoolismo já era uma doença grave que lhe trazia muitos problemas no dia a dia e o afundava em estados depressivos.

Jamais houve romance ou coisa parecida entre ele e Libertad. Talvez porque ela tenha querido assim:

> *Vinicius era muito mulherengo. Estávamos conversando e de repente ele se aproximava e tocava no meu rosto, no ombro, no peito. Eu sentia admiração por ele. Admirava-o desde que vi* Orfeu negro. *Gostava de ouvi-lo cantar, vê-lo no La Fusa. Admirava-o como artista.*

Acompanhado ou não de Gesse, às vezes com Toquinho e Marília Medalha, Vinicius estava a poucos passos da casa de Libertad. Bastava atravessar a Las Heras, tocar o interfone e, lá de cima, a amiga e vizinha o convidava para subir.

Uma vez, antes de partir de Buenos Aires, em uma de suas tantas idas e vindas, Vinicius fez um pedido a Egle Martin: "Cuida da Libertad, que é uma pessoa muito inteligente e aqui fica muito isolada."

Vinicius comemorou seus 57 anos no La Fusa de Buenos Aires. Egle conta:

> *Levei de presente um sino de bonde. Aí ele me perguntou o que podia fazer com o sino e eu sugeri que usasse como campainha da casa que estava construindo na Bahia. Ele adorou a ideia. Disse que queria me dar um presente e eu pedi um berimbau. Semanas depois, recebi um pacote com um instrumento que, a princípio, coloquei de enfeite em cima do piano, mas depois aprendi a tocar com o Hermeto Pascoal.*

Seus amigos uruguaios atravessaram o Rio da Prata e foram para a festa. Ele apareceu vestido de branco, com muitos colares de búzios e a cabeça e os ombros enfeitados com passarinhos feitos de origami. Naquela noite o La Fusa abriu apenas para os convidados de Vinicius.

Ficaram para trás as roupas pretas com que Buenos Aires o conhecera. A partir da chegada de Gesse, a vida de Vinicius mudou visivelmente. Ele envolveu-se com candomblé, vestindo-se de branco e usando colares de contas coloridas. Depois, foi morar em Itapuã, na Bahia. Muitos de seus amigos ficaram chocados com tamanha mudança.

Vinicius fora levado por Gesse a um coquetel de movimento hippie, candomblé, amor livre e tudo o mais que estivesse na moda naquele momento.

Do período que passou com Gesse, a herança mais importante foi a formação e a consolidação da dupla com Toquinho, que durou até os últimos dias de sua vida.

Não fosse pela aparição da aventureira baiana, Dori Caymmi teria cumprido o contrato que haviam firmado com o La Fusa para estrear em Buenos Aires em junho de 1970. Mas a Guerra dos Candelabros teve consequências: Dori foi um dos tantos músicos e amigos de Vinicius que ficaram do lado de Cristina Gurjão. Só mesmo o passar do tempo cicatrizou em parte as feridas, e muitas parcerias foram retomadas.

Somente depois de várias décadas Alfredo Radoszynski pôde compreender aquela atitude de Vinicius em relação à Cristina Gurjão, de quem o produtor e sua mulher se tornaram amigos. Ele é taxativo sobre o assunto:

> *Que besteira ele fez em se casar com a baiana. Tom Jobim e vários outros amigos se separaram do Vinicius quando ele abandonou Cristina Gurjão para ficar com Gesse. Ninguém entende por que a abandonou... pela Gesse! Cristina é jornalista, uma mulher culta, uma maravilha de mulher [...]. Sempre penso muito em Vinicius e chego a uma conclusão: não posso julgá-lo mal porque ele amava todas as mulheres: minha filha de 8 anos, minha esposa. Depois de muito tempo tomei coragem para ir ao cemitério São João Batista, no Rio, onde está seu túmulo. Lá ele está enterrado com sua mãe, que é a Mulher com M maiúsculo, e a irmã.*

Depois de se separar da atriz baiana, Vinicius teve várias disputas com ela. Todas, evidentemente, giravam em torno do que Gesse considerava seu botim de guerra. Entre as peças desse botim havia um retrato que Cândido Portinari havia feito de Vinicius quando este tinha cerca de 30 anos. Em todas as separações, era o único objeto de valor que ele fazia questão de preservar. Mas com Gesse foi diferente. Ela não quis dar o quadro para Vinicius e só depois de muita briga o poeta conseguiu recuperá-lo.

Um respeitado empresário cultural argentino, que foi amigo pessoal de Vinicius, diz:

> *Gesse não quis devolver o Portinari provavelmente porque, graças a Vinicius, viajava para a Europa, ia para hotéis. Quis ficar com alguma coisa desse mundo, dessa vida. Lembro que, quando ela vinha do Brasil, trazia para o Vinicius ovos de codorna em escabeche, que eram raríssimos por aqui naquela época, e dizia que eram bons para a virilidade... Ela era assim. Uma vez, num ensaio em um teatro de Buenos Aires, vi que ela estava afastada. Aparentemente não se metia em nada. Mas só aparentemente.*

A grande maioria dos amigos argentinos e uruguaios de Vinicius não tinha afinidade com Gesse, por isso mostraram-se indiferentes.

Em várias ocasiões, Vinicius declarou que sua separação de Gesse foi a que mais lhe causou problemas, porque ela se aferrou com agressividade e obstinação em sair com um patrimônio que nem de longe lhe pertencia.

No Rio da Prata, 1970 foi um ano pródigo para Vinicius: no inverno estreou com Toquinho e Maria Creuza no novíssimo La Fusa portenho; gravou o antológico LP *La Fusa* e as apresentações na casa de shows da avenida Santa Fe se multiplicaram na primavera, tendo Marília Medalha como cantora.

As edições argentinas de seus livros e o LP gravado em Buenos Aires foram um sucesso de vendas.

Quando Vinicius voltou ao Rio de Janeiro, em março de 1970, sua quinta e última filha havia nascido. Oficialmente se conheceram quando ela tinha 5 anos.

Santa Fe, 1883, primeiro andar, escada

Depois das duas temporadas de teste em Punta del Este e já de posse de seu maior trunfo, Vinicius de Moraes, Coco Pérez e Silvina Muñiz finalmente abriram o La Fusa de Buenos Aires. No primeiro andar do imóvel localizado na avenida Santa Fe, 1883, atualmente ocupado por uma instituição bancária, funcionou o mítico café-concerto entre junho de 1970 e 1982.

"Mais do que um simples café-concerto, o La Fusa foi um ícone, um lugar-chave onde ninguém ia para ver e ser visto, mas para encontrar amigos", afirma Helena Goñi. "Era pequenino e acolhedor", lembra ela.

O La Fusa era o ponto de encontro de quem saía do Instituto Di Tella e da boate Mau-Mau. Mas era mais do que isso. O mundo da noite boêmia, e não necessariamente chique, relaxava na penumbra do lugar. Em uma mesma noite, apareciam por lá o poeta e jornalista Mario Trejo, que atuou nas revistas *Primera Plana*, *Confirmado* e *Periscopio*; a peronista assumida e modelo publicitária Chunchuna Villafañe; o dono da Mau-Mau, Alberto Lata Liste; o jogador de futebol Bambino Veira; a jornalista Helena Goñi, que também trabalhava na *Primera Plana* e foi companheira de militância do padre Carlos Mugica; Libertad Leblanc; Carlos Páez Vilaró; Egle Martin; Lalo Palacios; Renata Schussheim; Graciela Borges; Mercedes Sosa; Irene Martínez Alcorta; Carlos Menditeguy; Freddy Güiraldes; Miguel Rueda; Mecha Miguens; Carlos Miguens; Ricardo Miguens; Mercedes Oliveira Cézar; Astrid de Ridder; Renata Dechamps e tantos outros.

Nos primeiros tempos, o lugar teve um público discreto, mais afeito a um ambiente intimista, mas depois começou a atrair também pessoas ruidosas e de gosto duvidoso. Os primeiros a frequentar o La Fusa foram jovens que buscavam na arte propostas de vida diferentes das que levavam seus pais.

Em uma das primeiras noites de Vinicius, Toquinho e Maria Creuza, apareceu o roqueiro Pajarito Zaguri, que vinha para ver o poeta-profeta.

– Vinicius, eu fico muito feliz por você existir – disse a ele.

– E eu muito mais por você existir, porque você é a juventude e o futuro. Parabéns pelo que você faz e continue sempre o seu caminho.

Naquela madrugada, o clima do La Fusa parecia propício a confissões.

– Você sofre? – perguntou um jornalista a Vinicius.
– O tempo todo.
– Por quê?
– Enquanto houver injustiça neste mundo, sempre sofrerei.
– Você é feliz?
– Não!
– Poderia ser um dia?
– Neste mundo não...
– Acredita em Deus?
– Não, acredito no homem – sentenciou Vinicius, que estudou no colégio Santo Inácio, no Rio, mantido por padres jesuítas.

Entre os *habitués* do La Fusa, muitos formavam a linha de frente dos festeiros de Buenos Aires. Gente que tinha inaugurado as primeiras discotecas da cidade e sido pioneira na arte de dançar sozinho ou acompanhado. Naquela vanguarda de notívagos houve umas poucas mulheres jovens (poucas, mas houve) que, pela primeira vez na história, saíram sozinhas de casa para dançar, sozinhas ou não, e se encontrar (ou não) com amigos em boates como a África ou a Experiment.

Conta Astrid de Ridder, amiga pessoal de Vinicius e personagem-chave no início de sua trajetória argentina:

> *Muitas vezes saíamos do La Fusa para a boate Experiment, na Cerrito, esquina com a Santa Fe, que era menos formal que a Mau-Mau, ou mais louca, tinha mais a ver com pessoas livres. Muitas vezes terminávamos em cana. Quando você é jovem, acha que é normal ir para todos os lugares, mas me dá a impressão de que as pessoas da Mau-Mau não iam para o La Fusa; eram amigos mais fashion que se encontravam para sair e tomar uísque como num coquetel.*

A história tinha começado assim. No final dos anos 1960, um homem ligou para a casa de Astrid. Ela não estava e quem atendeu foi a empregada da casa. No dia seguinte, o homem ligou novamente e, mais uma vez, soou a voz da empregada. No terceiro dia, o telefone voltou a tocar e, desta vez, a empregada reconheceu a voz: era Marcelo Acosta y Lara, amigo de Astrid desde a juventude.

– Me diz uma coisa: por que você não atende o Vinicius, que ligou várias vezes para a sua casa?

Astrid, que ainda não conhecia o poeta pessoalmente, anotou um endereço e saiu em disparada para o hotel da Arenales com a Libertad. A empregada da casa era alemã e não conseguia entender aquele espanhol que Vinicius falava, ainda com um forte sotaque carioca.

Foi assim que, por intermédio de Marcelo, Astrid e Vinicius se conheceram.

Pouco tempo depois, Astrid apresentou Vinicius a Silvina Muñiz, começando deste modo a história do poeta no La Fusa.

Tudo se dava o longo de poucas quadras. Na rua Montevideo, entre a Alvear e a Posadas, morava a brasileira Renata Dechamps. Amiga de Astrid, Renata costumava ir sozinha dançar na boate África, que ficava bem perto de sua casa. Estava casada e vivia com o marido e a filha pequena, a hoje atriz Alexia Dechamps. Sem hesitar, Astrid apresentou Vinicius à família. "Este apartamento é tua casa, toma a chave", disse Renata ao compatriota.

Algum tempo depois, com os shows do La Fusa a pleno vapor, Vinicius e Toquinho fizeram o arranjo de várias músicas naquele apartamento. Funcionava mais ou menos assim: de noite, os músicos, que só pisavam no hotel para dormir, chegavam à casa dos Dechamps e iam direto para um quartinho, onde ensaiavam e acertavam o repertório para o La Fusa. A porta do quarto ficava sempre aberta e quem estava do lado de fora podia ouvir o trabalho e as risadas da dupla. De repente, os dois saíam e mostravam o que tinham feito.

Astrid estava sempre presente nessas noites infinitas de poesia, música, álcool e boemia.

Era uma grande loucura. Vinicius e Renata criavam mundos. Em um ambiente boêmio, eles passavam a noite toda em claro. As empregadas de Renata, que a adoravam, ficavam também acordadas até as quatro da madrugada e, de tempo em tempo, ofereciam mais bebidas e cigarros para os presentes. O único que ia dormir cedo era o marido dela,

Claude, que trabalhava de manhã. Vinicius só ia para o hotel para dormir às nove.

A atriz Alexia Dechamps, filha de Renata, acompanhava a mãe nas visitas a Vinicius no hotel. O poeta as recebia na banheira e, por isso, Alexia brinca "o primeiro homem pelado que vi na vida foi o Vinicius".

Nem sectários nem excludentes: notívagos somente

Noche mía tierna desnuda
Cabeza de tigre
En la maleza de las tumbas
Lava mi pecho con el polen de la tormenta
Húndete en mis costillas
Cúbreme con una piel de leyenda de campesinos
Dime adiós sobre mis ojos con ciudades que se abren como frutas
Mientras jadeo en un musgo de sentidos ansiosos
que palpan en lo oscuro el revés de la trama
Aquí donde se sella para siempre el pacto del hombre y el miedo
La alianza de las venas y lo astros.
RESPIRACIÓN NOCTURNA, ENRIQUE MOLINA

Alguns iam para fazer pose: porque pegava bem e era preciso aparecer por lá. Outros porque reconheciam em Vinicius um poeta e um cantor formidável, e tinham muito claro que, antes de qualquer coisa, tratava-se de um grande homem. E finalmente havia aqueles que, não tolerando a postura deselegante de muitos dos novos frequentadores, compareciam porque tinham um encontro de honra com o poeta, com o homem, o insatisfeito, o solitário, o perseguido, o alcoólatra, o devorado. O dissoluto em quem se viam refletidos e por quem se sentiam compreendidos, abraçados. Jamais julgados. Nunca rejeitados.

Vinicius cantava para todos, mas principalmente para os conhecedores da noite e suas duas faces: a balsâmica e a terrível. Odiava o sol, a ponto de nem mesmo mencioná-lo.

O La Fusa abria todas as noites, com exceção das segundas-feiras. Quando o lugar se aquietava naquele murmúrio que antecede a hora em que as cadeiras são viradas em cima das mesas, Toquinho e Vinicius ficavam ruminando qualquer assunto com um punhado de amigos que não se atreviam ou não se resignavam a descer para a Santa Fe. Como se quisessem prolongar alguma coisa.

Numa madrugada de bebidas, risos, bate-papo, canto e tabaco no apartamento de Renata Dechamps, Vinicius e Toquinho chegaram à versão definitiva de "Tarde em Itapuã". Lembra Renata:

> *O Vinicius era muito generoso com sua arte. Uma noite, sabendo que eu estava com uns amigos em casa, veio com o Toquinho e cantaram. Todos ficaram fascinados.*

Naqueles anos, Vinicius ainda viajava exclusivamente de navio, de onde trazia muitos chocolatinhos Baci. "Foi assim que conheci esses bombons deliciosos", conta Renata, em uma carta enviada do Rio. Essa relação quase familiar com os Dechamps durou até 1972.

Sem esconder, sem ser um segredo para ninguém, Vinicius dissolvia a clássica contradição entre o superficial e o profundo. Entre a música de elite e a música popular. Entre culturas diversas. A propósito desse fenômeno, as palavras de Alfredo Radoszynski são claras e contundentes:

> *Quando escuto Vinicius cantar, me sinto preenchido. Isso acontece com todos. Sem ser cantor, ele cantava de uma maneira... E daí se desafinava? Mesmo sem escutar a letra, sei o que está me dizendo. É uma voz única para mim. Com o Chico, acontece a mesma coisa, ou com o Erroll Garner, que tocava piano sem saber ler música.*

Longa duração

Meados de junho de 1970. Em um navio da linha Eugenio C, chegaram do Rio de Janeiro Vinicius, Toquinho e Maria Creuza. Buenos Aires estava comovida pelo sequestro e posterior execução do general

Aramburu, episódio que marcou publicamente o nascimento da organização político-militar Montoneros.

Horacio Molina e Vinicius foram as duas grandes figuras que inauguraram o La Fusa de Buenos Aires. Maria Creuza já havia se apresentado com Vinicius em Punta del Este no verão, mas era totalmente desconhecida na Argentina. Toquinho era mais desconhecido ainda porque, nos shows anteriores, quem havia acompanhado Vinicius no violão fora Dori Caymmi.

Mas Vinicius estava habituado aos saltos mortais e se lançou a conquistar Buenos Aires com um violonista ainda imberbe e uma baiana meio gordinha que, juntos, não alcançavam sua idade. E deu certo, muito certo, a aventura.

O selo de discos Trova, criado em meados dos anos 1960 por Alfredo Radoszynski, em Buenos Aires, assinou contrato com Vinicius para gravar, no mesmo inverno em que o café-concerto portenho estava sendo inaugurado, o LP *Vinicius en La Fusa con Maria Creuza y Toquinho.*

Naquele momento, ninguém podia suspeitar, imaginar ou mesmo intuir o sucesso avassalador que o disco faria de forma ininterrupta ao longo de quarenta anos.

Na contracapa do LP, Vinicius escreveu esta espécie de manifesto ético-estético: "A ideia de fazer um LP do show que apresentei recentemente no La Fusa [...] encontrou resposta imediata na sensibilidade de Alfredo Radoszynski, diretor do selo Trova [...]. Este disco, além disso, completa nosso desejo de atingir uma maior audiência, já que nem todo mundo pode assistir a espetáculos artísticos como os que são apresentados no La Fusa [...]. Foram duas sessões noturnas que terminaram com as primeiras luzes do dia, totalizando 16 horas de trabalho em um ambiente de boemia e grande cordialidade, onde não faltaram os elementos primordiais: garrafas de uísque e mulheres bonitas. Registramos nosso show com aquele mesmo espírito de íntima comunicação e informalidade que gostamos de transmitir em nossas músicas. Vinicius de Moraes, agosto de 1970."

A dramática foto da capa (com dois homens de perfil e, no meio deles, o rosto ensombreado de uma mulher) sempre comoveu. Os rostos são de Vinicius, Toquinho e Maria Creuza. A expressividade dos grãos da cópia é enorme. O autor das fotos e da montagem (porque a capa é uma montagem de fotografias) foi o polivalente Chivo Borraro: clarinetista, arranjador, fotógrafo, arquiteto e "um dos grandes do sax tenor argentino", segundo o cantor e compositor Litto Nebbia. Perguntar as razões do sucesso do disco seria uma questão meramente retórica.

Além disso, Borraro e Coco Pérez eram amigos, músicos e haviam tocado juntos muitas vezes. Conta o produtor Radoszynski.

> *Não foi apenas uma maravilha o jeito como eles tocaram. Lembro da cara dos músicos. Eles me diziam: "Se você precisar de outro disco, a gente faz de graça."*

Os músicos eram Mario "Mojarra" Fernández no baixo e Enrique "Zurdo" Roizner na bateria. Também colaboraram na percussão Fernando Gelbar e "Chango" Farías Gómez.

Vinicius, que não se considerava um cantor, estava se sentindo inseguro. E tinha seus motivos, porque o disco foi o primeiro que ele gravou como figura central e ainda por cima cantando, não apenas recitando, como fizera em outros registros.

No bar do hotel, Vinicius falou com Radoszynski, entre tímido e assustado:

– Cara, e se não vender? Eu não sou cantor. Não vendo discos.

O produtor, que conhecia muito bem as clássicas inseguranças dos artistas, respondeu:

– Para mim é uma honra ter feito o disco.

E realmente foi, porque, além de tudo, o LP teve grande sucesso.

> *Naquela época, eu costumava visitar alguns clientes. Na avenida Cabildo, perguntei a um deles se o disco do Vinicius estava vendendo bem. "Nossa, os discos do Vinicius vendem muito, tanto quanto* Coronación del folklore, *de Ariel Ramírez e Jaime Torres." Vendia tudo isso! Eu não imaginava.*

Sobre a razão do sucesso, Radoszynski é preciso, taxativo e lacônico: a qualidade das letras e da música. Motivo que diz muito sobre o público das grandes cidades argentinas, que soube sentir e gostar de Vinicius quase imediatamente.

Tudo era novo nesse disco: a música, a cantora, o violonista e, como estrela e voz principal, Vinicius, pela primeira vez em um LP.

É simplesmente por isso que continua sendo tão poderoso apesar dos anos.

A paixão que o disco gerou é palpável. E se os músicos reagiram daquela maneira, se oferecendo para tocar de graça caso fosse necessário, o próprio Vinicius também não pensou no que viria depois, não foi movido por qualquer afã especulativo. Pelo contrário: depois de gravar, foi tomado pela insegurança.

Em uma daquelas tardes gloriosas em que o poeta ia ao escritório de Radoszynski receber os direitos do LP, foi acompanhado pelo amigo Horacio Ferrer:

> *Um dia depois de receber os direitos autorais na Trova, Vinicius comprou um quiosque inteiro de flores e levou para Maria Rosa Oliver. Essas coisas o faziam feliz.*

O LP não pôde ser gravado no La Fusa, pois a acústica do lugar não era das melhores. Gravaram então nos estúdios Ion da rua Hipólito Yrigoyen. Para compensar a mudança, usaram um pouco do som ambiente do La Fusa. Mas, como Radoszynski queria que todos os temas fossem ao vivo, isso não era suficiente. O produtor, então, teve uma ideia brilhante:

> *Quando se grava em um estúdio, os músicos não têm o incentivo do público, porque falta a transmissão humana; foi assim que me ocorreu ligar para umas trinta pessoas, entre amigos, familiares e músicos, para criar o clima do café-concerto. Todas essas pessoas aguentaram duas madrugadas, da meia-noite às oito da manhã, horário escolhido porque eles tocavam no La Fusa e, além disso, não é bom gravar de manhã, pois a voz não é a melhor. Compramos comida, duas garrafas de uísque, não preciso dizer para quem,*

e ninguém foi embora dormir. Lembro de um amigo que precisava abrir seu negócio de manhã e mesmo assim ficou lá.

Há quarenta anos esse disco vende muito bem. Aliás, lidera a venda do catálogo da Radoszynski Producciones.

Nem eu entendo por quê. No Brasil, duas empresas brigavam para eu vender os direitos a elas, a Globo e outra de São Paulo; sem contar as cópias piratas que fazem. Por isso, não conseguimos colocar o disco no Japão, que tem um público amante da música brasileira. Aqui na Argentina, são vendidos pelo menos trezentos cds por mês do Vinicius de Moraes en La Fusa con Maria Creuza y Toquinho *e outro tanto de* Vinicius + Bethânia + Toquinho en La Fusa (Mar del Plata).

Em 2004, a Câmara Argentina do Disco premiou o produtor com um disco de ouro, em reconhecimento ao número de vendas alcançadas.

Na rádio, os programas especializados em música brasileira promoveram uma difusão avassaladora dos discos de Vinicius. Em Buenos Aires, os jornalistas que mais contribuíram para a divulgação foram Miguel Ángel Merellano e Carlos Rodari. Posteriormente, as músicas transcenderam esse âmbito especializado e chegaram à televisão.

Os dois discos agradavam por inteiro. Não havia uma música que se sobressaísse para entrar em listas de *top ten* ou *top forty* que na época, aliás, nem haviam sido inventadas.

Em Montevidéu, a jornalista Sara Tinsky foi uma das primeiras a difundir os discos iniciais de Vinicius. Há alguns anos, ela se lembrou da seguinte maneira sua aproximação da bossa nova:

Qual foi a primeira vez que falei de Vinicius no meu programa Posto Brasileiro? *Lembro apenas que, em 1964, toquei o primeiro disco dele, gravado com a Odete Lara e lançado pela Elenco. Em 1966, fiz a mesma coisa com o disco dos Afro-sambas, de Vinicius com Baden Powell. E, falando dos dois, não posso esquecer a noite em que Elizeth Cardoso foi ao estúdio da emisso-*

ra, em Montevidéu, e me disse: Vou cantar para a sua audiência uma bela música nova de Vinicius e Baden, e derramou seu talento cantando à capela o "Canto de Ossanha". Quando o La Fusa começou a ser vendido em Buenos Aires, o sucesso em Montevidéu foi imediato.

O LP não teve um lançamento, porque não havia dinheiro para coisas que ainda não passavam de uma aventura.

Vinicius de Moraes en La Fusa con Maria Creuza y Toquinho é, de longe, o disco de MPB mais vendido na Argentina. Suas músicas têm um modernismo atemporal: "A felicidade", "Berimbau", "Garota de Ipanema", "Canto de Ossanha", "Eu sei que vou te amar", "Se todos fossem iguais a você". Canções que simbolizam a simplicidade profunda e sofisticada de Vinicius.

Para as viagens domésticas, ia de trem. Nas viagens transatlânticas, de barco. De acordo com o contrato, não tinha empresário. Suas acusações foram prévias da sociedade em massa. Seu nome: Vinicius de Moraes.

Em uma entrevista que fez para o *La Opinión,* o jornalista Enrique Raab questionou Vinicius por ter se baseado em um mito grego (sobre o qual havia lido numa edição francesa) para escrever *Orfeu da Conceição* e tentar entender a realidade brasileira. Raab classificou a atitude de "colonizada".

"Sem dúvida, mas eu sou assim, sinto a arte assim", respondeu Vinicius. "Os escritores mais jovens já não têm nem isso. Se interessam apenas pelas histórias em quadrinhos. Em geral prefiro Agatha Christie ou Simenon a toda essa literatura jovem de hoje. Os jovens escrevem palavras dispersas que não significam nada. Nunca têm sangue: só palavras. Por exemplo, os Beatles. Tudo o que desencadearam foi ruim: as drogas, a fuga da realidade, o movimento hippie. É muito fácil ser revolucionário quando se é jovem, sabe. Pretender um mundo harmônico, belo, aos 18 anos. O difícil é ser assim quando se é adulto."

Pode-se dizer que Vinicius foi um *dandy* no reino dos playboys? Ou, melhor, um decadente na era do progresso industrial, do *boom* do consumo, dos voos diretos para a Europa e das estradas gigantescas que mudaram a cara do Brasil?

Em um soneto, ele se definiu desta forma: um mártir da delicadeza.

Camdombes

Em outubro de 1970, Vinicius voltou ao palco do La Fusa, agora com Marília Medalha e Toquinho. O humor da madrugada ficava por conta de Carlos Perciavalle, que fazia duas aparições durante o show. Maria Creuza, com uma gravidez avançada, dessa vez ficou no Brasil.

Vinicius entabulou uma relação muito sólida com Marília. Certa noite, depois da apresentação no La Fusa, os dois foram à casa de Egle Martin e Lalo Palacios. Quando os quatro ficaram a sós, Vinicius falou sobre a situação que Marília atravessava naquele momento. Lembra Egle:

> *Vinicius tinha ajudado muita gente... Ele nos contou que os militares brasileiros deixaram o marido da Marília, coitado, que era um preso político, um bom tempo pendurado de cabeça para baixo.*

Além disso, Marília acabara de perder uma gravidez em consequência da tortura a que fora submetida no Brasil. Em circunstâncias tão extremas, Vinicius representou para a cantora um apoio afetivo e o suporte de que precisava para voltar a trabalhar.

Em Buenos Aires, com Toquinho, os dois fizeram várias apresentações no La Fusa no final da década de 1970. Da capital argentina seguiram para Montevidéu e, em meados de 1971, gravaram no Brasil o LP *Como dizia o poeta*.

Quando começaram a ficar mais próximos, Egle apresentou Vinicius ao camdombe argentino e foi aí que nasceu a ideia de gravar um disco com a amiga. Projeto que, apesar do entusiasmo do poeta, acabou não se concretizando. Entre as plantas do terraço de Egle e as sessões de percussão a que ela o submetia, Vinicius escreveu, em novembro de 1970: "O dombe, filho do candombe, me parece destinado a contagiar o mundo, como aconteceu com a rumba, o mambo, o chá-chá-chá e agora o samba, por meio da bossa nova. A nova criação de Egle Martin tem tudo para conseguir esse objetivo: sedução rítmica que induz à dança e dinamismo interior, que lhe vem de autênticas raízes africanas."

Em homenagem a Egle e às raízes africanas da música argentina, Vinicius também escreveu "A vez do dombe", que Toquinho, Marília e ele gravaram no LP *Como dizia o poeta*.

Tamanha foi a projeção que Vinicius obteve com os shows no La Fusa e, sobretudo, com o LP, que o astrólogo e apresentador de televisão Horangel o convidou pessoalmente para ser a atração principal de seu programa *Los Doce del Signo*, que era exibido no Canal 9.

Para esquentar o clima, o astrólogo lhe lançou estas perguntas: O que você pensa das instituições inalteráveis? Depois de seis tentativas, por que reincide no casamento? Acredita em Deus? Que tipo de problemas lhe causou sua especial postura política?

O que dizer? Como responder a essas perguntas sem parecer um imbecil nem se tornar o mais novo exilado brasileiro?

Por sorte, entre os debatedores estavam sua amiga María Rosa Oliver e os escritores Carlos Gorostiza e Mirta Arlt, que o ajudaram a não escorregar nas cascas de banana atiradas pelo astrólogo.

Dois dias depois, um programa de rádio convidou Vinicius para falar de sua poesia, sua música e também sobre o que dissera em *Los doce del signo*.

> *Outro dia estive nesse programa dos signos e me fizeram perguntas bem imbecis. Mas sempre se podem responder coisas importantes, por mais estúpidas que sejam as perguntas. A Europa está apodrecida? Jorge Amado? É um grande amigo meu, acho que ficou velho antes do tempo. Eu não acredito em nada. Não acredito em Deus, nessas coisas, entende? Creio nos bons e nos maus fluidos. O amor é a melhor forma de protesto que existe.*

Corria tudo muito bem até que, em dado momento, ligou um ouvinte fazendo uma pergunta que não tinha nada de estúpida:

– É válida a canção romântica quando no Brasil há exilados, presos e torturados?

Vinicius, com o humor e a rapidez habituais, retrucou:

– Pergunte a ele se quer que eu seja um novo exilado.

Toda volta para o Brasil era difícil para Marília Medalha. Também aí esteve a mão amiga de Vinicius, que várias vezes a esperou em um bar que ficava perto da cadeia quando ela ia visitar o marido preso.

Em um de seus desembarques em Montevidéu, quando chegava com Marília e Toquinho para três shows no teatro Solís, Vinicius foi surpreendido por um episódio que o deixou irritado. Sua irmã Laetitia, que era casada com um diplomata brasileiro baseado na capital uruguaia, estava a sua espera no porto e, assim que o viu, pediu para o irmão despachar os dois parceiros num táxi e acompanhá-la à embaixada do Brasil. Enquanto Toquinho e Marília eram parados em várias batidas policiais até chegar ao hotel, Vinicius e a irmã seguiam direto em um automóvel com o salvo-conduto da placa diplomática. Na embaixada, eram aguardados pela esposa do cônsul brasileiro Aloysio Dias Gomide, que fora sequestrado pelos tupamaros. Vinicius ficou tenso. A mulher do diplomata exigiu que, considerando sua popularidade, ele fizesse um apelo público para a libertação de Gomide (vale lembrar que Vinicius fora exonerado da diplomacia, com a qual, aliás, tivera uma relação incerta e oscilante desde os primeiros dias). O poeta deixou a mulher falar sem dizer uma palavra. A esposa de Gomide, verdadeira artífice do pagamento do resgate e da posterior libertação do marido, disse quase aos gritos, sem pestanejar: "Como vocês têm coragem de fazer um show aqui com o cônsul brasileiro nas mãos da guerrilha!" Com o laconismo que o caracterizava em situações como essas, Vinicius respondeu, visivelmente irritado: "Senhora, eu venho trabalhar. Boa-noite." E se retirou da embaixada. Durante os dias em que esteve no Uruguai, não fez nenhuma declaração a respeito.

Foi com Marília que Vinicius iniciou as turnês pelos circuitos universitários do estado de São Paulo. Hospedavam-se em hotéis de beira de estrada ou em velhos conventos do interior. Muitas vezes se apresentaram em palcos precários, montados sobre quadras de vôlei e com som paupérrimo. Os estudantes invadiam os camarins, lotavam a plateia e os recebiam como heróis. Vinicius deixou o cabelo crescer e ficou parecendo mais jovem. Andava com umas roupas bem despojadas. Sobre esse período sobram relatos épicos.

Entre as duas margens

A viagem de Buenos Aires a Montevidéu levava 15 horas no barco *Ciudad de Buenos Aires*. Marília e Vinicius ocupavam o camarote 419. Um jornalista da revista *Extra*, José de Zer, acompanhou-os durante a travessia.

Meia hora depois de zarpar, já na borda da embarcação, Vinicius cantarolava uma melodia. Marília assobiava com tristeza. Quando os alto-falantes anunciaram que o bar estava aberto, um sorriso se desenhou no rosto do poeta. Pouco depois, ele dizia em voz alta:

> *Falo muito de uísque e de mulheres porque todos falam em destruir. Tem muita gente que quer destruir o mundo para defender seus princípios. Eu só encontrei uma forma de dar para esse mundo que sofre minhas canções e meus poemas.*

Jornalista e poeta dirigiram-se para o bar. Marília se deixava afundar numa poltrona, aparentemente muito triste. No bar, depois do quarto uísque, Vinicius disse que gostava de muito pouca gente, aceitava os demais e não se importava com os que sobravam. Jantaram juntos: ele, Marília e o jornalista.

Depois de comer, Marília foi dormir, carregando a tristeza nas costas. Vinicius tocou de leve a cabeça da cantora e prometeu que também deitaria cedo.

Após encher-se de pão e maionese, Vinicius propôs ao jornalista que fossem à boate do navio. Quando chegaram, havia apenas três casais. Àquela altura, o rosto de Vinicius estava visivelmente vermelho. Seus olhos mostravam uma rara e fria satisfação.

– Uma boa mulher pode te proporcionar uma noite memorável.

– Outra vez falando de mulher – comentou o jornalista.

– Uma mulher bonita é uma relação emocionante. Elas sabem captar a incerteza e o desamparo. Eu sou um explorador de tudo isso e também permito que me explorem. Sempre as deixo com uma tímida expressão de perdão. A moral pode ir para o demônio. Ninguém faz quase nada por escolha, mas sim por desespero. Eu só penso em continuar sobrevivendo com meu uísque e minha mulher; a sétima, a última e mais torturadamente humana. Quanto ao resto, não me importa nada. Vocês vão acabar terminando com tudo – concluiu Vinicius.

As quinze horas da viagem demandaram um litro de *scotch*. Zer estava à beira do coma alcoólico quando, finalmente, os alto-falantes anunciaram a chegada a Montevidéu.

Vinicius foi despertar Marília, mas ela já estava acordada e vestida para sair. Sentada como um Buda na cama desfeita, a cantora olhava para a porta do camarote. Quando Vinicius chegou, não disseram palavra. O poeta olhou para a amiga, aproximou-se e ajeitou uma mecha de cabelo que tapava os olhos dela. Estendeu-lhe a mão e ela, de um salto, ficou de pé.

Na capital uruguaia, uma mulher alta, magra, loira, parecida com a Monica Vitti, e duas meninas igualmente altas, magras e loiras, receberam Vinicius agitando os braços.

O poeta se transfigurou. Voltou a ser o personagem que havia criado e começou a prodigalizar sorrisos e abraços às três mulheres do porto. Todos, com exceção do jornalista, entraram no carro conversível da mulher parecida com a Monica Vitti.

A cara de Marília continuava triste.

Dois argentinos no Brasil

Quis o destino que dois revolucionários da música se encontrassem no Brasil. Alfredo Radoszynski, produtor da ópera *María de Buenos Aires*, acompanhou Piazzolla em sua primeira apresentação no Rio de Janeiro, realizada no Theatro Municipal. Os dois gravaram o espetáculo.

Nos ensaios, apareciam músicos e arranjadores que pediam ao produtor para se integrar ao grupo. Conta Radoszynski:

Humildemente, e sem necessidade, eles se ofereceram para fazer arranjos, partituras. Na noite de estreia, Dorival Caymmi estava com a família em um camarote. Terminado o primeiro tema, as pessoas estavam muito impressionadas e então Caymmi ficou de pé e começou a aplaudir. O teatro foi abaixo. Em outra viagem, em 1971, fomos tocar com o Quinteto de Piazzolla no auditório do Tuca, em São Paulo. Vinicius chegou e subiu ao palco para abraçá-lo; nem sabíamos que ele estava lá. No final, foi para o camarim e Piazzolla e ele se abraçaram mais uma vez.

Nem o músico nem o produtor encontraram restaurante aberto depois da apresentação. Já resignados, decidiram voltar para o hotel. De repente, viram Vinicius saindo de uma casa enorme, uma mansão onde funcionava um restaurante. O poeta pediu para os amigos esperarem e voltou para falar com o dono. Como era muito tarde, a cozinha já estava praticamente fechada.

– Piazzolla está esperando para comer – disse Vinicius ao dono do restaurante. – Não cobre nada, nem dele nem do Alfredo. Amanhã ou depois eu venho e pago.

E foi embora. Lá pelas duas da manhã, sem saber dessa conversa, Radoszynski pediu a conta.

– O senhor Vinicius já pagou – disse o dono do restaurante.

O produtor foi falar a sós com ele.

– O que ele deixou não dava nem para a conta dele, mas fui proibido de cobrar de vocês. Disse que em um ou dois dias vem e me paga – acrescentou o dono.

Ao lembrar daqueles dias, Radoszynski é tomado pela nostalgia e confessa: "Vinicius era um menino grande, aprendi tanto com ele. Me abriu um caminho, penso muito nele. Me faz muita falta. Cada vez que escuto 'Eu sei que vou te amar', não aguento e choro."

Mar del Plata Bossa Nova

Operação Verão Quente

Quando Silvina Muñiz decidiu abrir o La Fusa em Mar del Plata, muitos se perguntaram: por que não Punta del Este?

Afinal de contas, fazia pelo menos três décadas que a cidade conhecida como *La Feliz* vinha perdendo paulatinamente o glamour da *Belle Époque*, à medida que os grandes sindicatos começavam a construir hotéis para operários e empregados e as mansões da oligarquia agropecuária eram esmagadas por vilas e condomínios mais modestos.

Porém, no balneário uruguaio, nenhum teatro ou café-concerto fazia temporada, temendo um atentado da organização guerrilheira Tupamaros, que em janeiro de 1971 havia sequestrado o embaixador britânico no Uruguai, Geoffrey Jackson. Todas as estradas do país eram vigiadas minuciosamente no imenso esforço para resgatar o diplomata. Por isso, o cenário não era o mais propício.

Em dezembro de 1970, uma mensagem encontrada por um rapaz no bar Anón de Montevidéu dera início à operação Verão Quente. A mensagem dizia: "Todos os lagartos devem saber que a coisa será para valer e temos que deixar as praias com a areia vazia." O comunicado era assinado pelo MLN-Tupamaros.

O achado desatou uma psicose em larga escala entre todos os "lagartos" argentinos que passavam o verão em Punta del Este. Em 29 de dezembro de 1970, a revista *Primera Plana* escreveu: "A organização tupamara chegou ao extremo de uma delicadeza assombrosa: todo argentino, *habitué* ou não, recebeu uma carta em que, com as melhores maneiras, diziam-se inteirados do aluguel e discretamente recomendavam não insistir, apelando para a saúde física dos familiares [...]. Dois jovens casais foram interceptados em seu carro e sequestrados, sendo vítimas de uma perfeita guerra de nervos como anúncio do que aconteceria com eles se decidissem retornar. Um alto industrial foi abandonado em plena avenida Gorlero, sem outra roupa além das suas mãos histéricas. Vários chalés, de propriedade de argentinos, sofreram os estragos da pirotecnia, a tal ponto que em um fim de semana relativamente concorrido houve duas explosões noturnas [...]. 'Me partiram ao meio', lamentava-se um ex-ministro. 'Quem vai querer alugar minha casa! Antes, com o que recebia, podia viajar para a Europa todos os anos. Neste terei que ficar' [...]. Uma das primeiras ameaças recaiu sobre o milionário Alfredo Fortabat, um lendário e insistente veranista de Punta del Este. Resultado: o rei do cimento Portland transferiu sua corte para Mar del Plata [....]. Inés Quesada, que no ano passado dominou o verão com o espetáculo *Mota Agitada*, vai transladar suas hostes para o La Fusa de Mar del Plata, a fim de 'trabalhar mais tranquila'. Carlitos Perciavalle, figura imprescindível da península, preferiu receber o sol de Mar del Plata, diante da ameaça escrita de que ia passar maus bocados se quisesse divertir os lagartos argentinos.

[...] A debandada dos cruzeiros privados é total. Punta del Este parece ter sido apagada das agências de viagens [...]. 'Em Punta del Este eu não me sinto estrangeiro', 'Punta del Este é argentina....' eram as prepotências e arrogâncias que a falta de humildade do veranista, rei por quinze dias, proclamava [...]. Agora, na 'colônia' argentina, o perigo se alastra e se autodenomina operação 'Verão Quente' [...]. Enquanto isso, a península desperta só ocupará seu ócio em dividir o rio do oceano, e os donos do lugar poderão voltar a desfrutá-

-la, como em suas origens, quando era domínio da poderosa família Arocena e não era preciso emigrar – de sua própria casa – a outros lugares, fugindo do 'perigo argentino' e de suas insolências [...]. Não será mais possível recrutar amigos para o inverno – um dos máximos *sports d'etê* – nem conservar relações sob o sorriso imenso do deus Imarangatú [...]. Com um lento e não resignado réquiem, os veranistas se despendem de sua Meca, de suas manhãs em Las Rocas, inauguradas com gim-tônica, de seus almoços no La Azotea, de seus passeios para registrar caras novas, de suas noites na Afrika e no San Rafael, onde o prestígio se media pelo esbanjamento, de seus cafés da manhã no El Mejillón, lotado de uma multidão cheia de olheiras. 'Porque Mar del Plata jamais será a mesma, tem muita ralé', queixava-se uma mocinha em uma butique na região da avenida Alvear. 'Comprar roupa para quê? Neste ano as pessoas sensatas vão para o campo'. 'Que tédio', foi a resposta de sua interlocutora [...]. Talvez o afastamento de tanta idiotice resulte na tranquilidade e na decantação de um balnerário que conheceu épocas muito melhores que as últimas, quando era refúgio de uma classe, ou de uma elite aberta, que tomou para si o emblema do lugar: 'Viva como quiser' [...]. Talvez o comentário de um jovem mochileiro argentino seja a chave para decifrar a situação. 'Não tenho medo dos tupamaros; eles são como Robin Wood: tiram do rico para dar para o pobre' e lhes tomaram Punta del Este".

O mar não estava para peixe. Ou, dito de outra forma, Punta del Este não estava para o La Fusa.

Mais uma vez, Silvina pôs à prova seu talento, sua criatividade e sua ousadia de grande jogadora que, mesmo com cartas ruins, é capaz de redobrar a aposta.

Felizmente, restava a costa argentina. E, melhor ainda: felizmente havia a Playa Grande, na zona chique de Mar del Plata.

Naquele verão, Silvina deu um tiro no escuro. Também participaram da aventura seus cinco filhos e seu marido, Coco, que servia, com seu temperamento tranquilo, como contraponto ao caráter intrépido da mulher.

Silvina abriu o La Fusa Café Concert no primeiro andar de um chalé que, em tempos mais nobres, foi a casa de verão dos Zuberbühler, na esquina da Aristóbulo del Valle com a Rodríguez Peña.

Era o início de 1971. Fazia frio, chovia quase todos os dias e poucos turistas permaneciam em Mar del Plata. A temporada tinha começado mal para o comércio e os espetáculos, o que levou muitas casas noturnas, como a Michelangelo, a fecharem as portas. As celebridades iam para a boate Tako's e para a luxuosa Enterprise, que tinha formato de disco voador. No centro, Ethel Rojo fazia teatro de revista.

Longe da Praia Bristol, dos complexos sindicais, do hotel Hermitage e do Provincial, a noite tinha outros protagonistas. Silvina Muñiz apostou alto: a temporada do La Fusa teria como figuras centrais o jovem violonista Toquinho e o poeta, advogado e ex-diplomata brasileiro Vinicius de Moraes. A essa formação básica se somariam quatro companheiros circunstanciais: Maria Bethânia para a primeira quinzena de janeiro, Chico Buarque de Hollanda para a segunda, Horacio Molina para a primeira quinzena de fevereiro e Maria Creuza para fechar o verão.

O La Fusa de Mar del Plata foi um dos poucos cafés-concertos da região de Playa Grande. No térreo da antiga casa de verão dos Zuberbühler ficava o exclusivo restaurante Villa d'Este, que funcionava sob a batuta do ex-chefe de cozinha do Clube Americano.

Nenhum detalhe foi esquecido. Para decorar as paredes, Silvina Muñiz chamou o artista plástico Juan Gatti, que no início dos anos 1970, apesar da juventude, já tinha uma obra extensa e uma vida pessoal suficintemente torturada a ponto de ter tentado o suicídio duas vezes. Em uma das tentativas, ficou com o aparelho digestivo seriamente prejudicado após ter ingerido cloro. Proveniente de alta burguesia local, Gatti foi o que poderíamos chamar de um jovem do Instituto Di Tella e de todo esse ambiente genial e rebelde que a cultura argentina produziu entre 1965 e 1975. Nas paredes do café-concerto, o artista pintou murais com formas envolventes de vermelho.

Mas a aposta de Silvina ia mais longe. Além do café-concerto, ela abriu, na segunda quinzena de janeiro, a boate La Fusa, na região da avenida Constitución. Lá cantou, pela primeira e única vez no balneário, Maysa Matarazzo, uma das divas da música latino-americana nos anos 1950 e 1960.

"Eu não canto em cafés-concertos. Só canto em boates", dissera Maysa à empresária argentina. Silvina então, obedientemente, abriu um local sob medida para a diva, na rua Chubut, 735, a cem metros da avenida Constitución. O casal Horacio Molina e Chunchuna Villafañe assumiu o gerenciamento da boate.

Em janeiro de 1971, um jornalista escreveu para uma revista portenha: "Quando Maysa ataca com 'Ne me quitte pas' com essa voz que parece sintetizar toda a miséria humana, não restam dúvidas. Ela continuará sendo a maior diva e a maior intérprete da América Latina, encarnando uma tradição que em outros hemisférios inclui nomes como Piaf, Dietrich... Cada retorno de 'la Diosa' envolve elásticas porções de mitologia e suspense. Noite após noite, a La Fusa (boate) se prepara e move suas engrenagens para recebê-la sob os cuidados de Horacio Molina e Chunchuna Villafañe."

Como se a abertura do café-concerto em Mar del Plata, o cuidado com seus cinco filhos e o marido fossem pouco, surgiu o projeto da boate. Em seu lugar, outro empresário não teria feito a vontade de Maysa. Mas Silvina, que sempre tendia a ir além, resolveu topar.

La Feliz

Qué lindo que es estar em Mar del Plata
en alpargatas, en alpargatas
me paso el día entero
haciendo fiaca
en Mar del Plata soy feliz...
JUAN Y JUAN

A pouco mais de uma quadra do café-concerto, na rua Alem, no bairro de Playa Grande, Silvina Muñiz tinha alugado um amplo chalé de dois andares.

A casa tinha duas suítes. Em uma, Vinicius dormia com Gesse. Na outra, quando não estavam em Buenos Aires, ficavam Coco Pérez e Silvina Muñiz. Entre os demais quartos, um deles era ocupado pela jornalista Helena Goñi, que trabalhava na revista *Primera Plana* e fora contratada para ser relações-públicas e assessora de imprensa do La Fusa de Mar del Plata. Em outros, ficavam a filha de Helena, os cinco filhos de Silvina e Coco e a filha de Gesse.

Toquinho e Chico dividiam um quarto. Havia também uma cozinheira, uma empregada e uma babá. Só faltava uma vaca holandesa para o leite fresco do café da manhã das crianças.

No início da temporada, Horacio Molina e Chunchuna Villafañe também moraram lá com as duas filhas, mas só por alguns dias. Sobre o casarão da rua Alem, Molina recorda:

> *Ensaiávamos no banheiro: Vinicius na banheira com água morna e seu uísque, Toco sentado no bidê e eu em cima do vaso. Foi assim que Vinicius traduziu para mim, de letra e punho, a canção "O que tinha de ser", para eu gravar. Conversando no banheiro, quando Chico já tinha ido embora, Vinicius perguntou se eu gostaria de substituí-lo. Eu disse que sim e substituí o Chico. Essa casa era uma espécie de prostíbulo. Depois de poucos dias, mudamos para um apartamento que dividíamos com Cacho Tejera, que também trabalhava no La Fusa.*

Molina, que tinha inaugurado a primeira unidade do La Fusa no verão de 1969, em Punta del Este, pegou um avião na Espanha, onde começava a ficar conhecido, após Silvina Muñiz convocá-lo para a aventura em Mar del Plata. A empresária pediu a Molina que a apoiasse, assim como fizera em Punta nas duas temporadas anteriores. O artista não se fez de rogado, inclusive porque, em princípio, a oferta era tentadora, embora os fatos fossem provar o contrário já na primeira temporada.

A boate funcionou apenas três semanas porque Maysa, no melhor estilo diva, abandonou intempestivamente Mar del Plata, e também porque houve problemas com a licença da prefeitura.

Maysa, que atravessava um período de instabilidade emocional, estreou em 20 de janeiro de 1971 e cantou, a duras penas, por três noites. Tinha chegado a Mar del Plata com um espanhol com ares de rufião que ela apresentava como "meu marido". Hospedaram-se no Provincial e os poucos dias que ficaram foram suficientes para gerar escândalo no hotel. Lembra Helena Goñi:

> *O nome Maysa não atraía o público porque ela tinha sido uma diva para a geração dos meus pais. Os mais jovens não a conheciam. Fizemos a divulgação com o sobrenome Matarazzo, de seu ex-marido, que ela não usava mais. Foi com esse nome que ela se tornou famosa na Argentina dos anos 1950 e 1960.*

Responsável pela boate, Horacio Molina lidava diariamente com a cantora brasileira. Ele descreve Maysa da seguinte maneira:

> *Vinicius a via aparecer e se escondia debaixo da mesa. Quando ele estava no palco, ela chegava certa hora e gritava: "Mas você está fingindo o quê? Eu te conheço". Vinicius pedia que a levassem embora. Maysa era muito bonita, muito pitoresca, muito louca.*

Quase como uma aparição temida, numa noite em que fecharam a boate por falta de público, Maysa chegou ao La Fusa da Playa Grande. Ao verem a cantora surgir, os que eram da casa se puseram em guarda para o que pudesse acontecer. No palco estavam Vinicius, Toquinho e Maria Bethânia. Um minuto depois, dirigindo-se aos presentes, Bethânia disse:

– Vou fazer a música "Se todos fossem iguais a você", e aqui está a pessoa que melhor sabe cantá-la.

Bethânia achou que, com esse gesto de modéstia, poderia acalmar a fera. Mas o efeito foi o contrário. Com os reflexos imprecisos, porém com raiva e grande determinação, Maysa disse, já abrindo caminho em direção ao palco:

– Então eu mesma canto!

Bethânia, Toquinho e Vinicius nem respiraram.

Por alguns segundos, muita gente pensou que o microfone voaria na cabeça de Maria Bethânia.

Contratar Maysa foi uma aventura cara para Silvina Muñiz. Vinicius e Toquinho também tiveram que pagar por isso. Os dois se apresentavam todas as noites para uma plateia lotada, assim como os músicos e outros artistas que se alternavam ao longo da temporada. Com o dinheiro que perdeu com Maysa e o baixo retorno com os investimentos em infraestrutura, Silvina olhava para eles como a única possibilidade de ter lucro com os empreendimentos de Mar del Plata.

Enquanto a boate havia sido uma soma de desastres, o café-concerto estava a pleno vapor. Nos meses de janeiro e fevereiro inteiros, Vinicius e Toquinho cantavam cinco ou seis noites por semana. Um enviado especial da *Primera Plana* escreveu: "Noite após noite, uma boa parcela de monstros sagrados demonstra sua sabedoria e sua musicalidade, sob a constante e protetora sombra do grande (literal e metaforicamente) Vinicius. Uma espécie de mestre de cerimônias mais parecido com Falstaff do que com Arlequim, capaz de converter sua simples presença em uma explosão de humor natural e equilibrado. Flanqueado pelo portentoso Toquinho e por um renovado Horacio Molina, instaura em Mar del Plata o êxito, e um ritmo cuja vigência parece inquestionável."

Na Argentina e no Uruguai, fazia tempo que o público começara a mostrar uma afeição especial por Vinicius e pela música brasileira em geral. A música do país não se limitava mais a ser a trilha obrigatória dos bailes de Carnaval. Isso preocupou algumas pessoas, que tiveram a hilariante ideia de denunciar (anonimamente) o "Plano Macumba". Em Buenos Aires, nenhum veículo que se considerasse sério deu crédito ao suposto plano de invasão cultural brasileira, que, segundo a denúncia, teria como líderes Altemar Dutra, Vinicius de Moraes, Roberto Carlos e Maria Creuza. Conforme divulgaram um semanário e, posteriormente, um telegrama da agência *Latin*, "a arma que conquista nossas mentes, abranda nossos corações e nos rouba as divisas é a música do Brasil".

Para um pequeno grupo de cruzados, o cenário da guerra fria estava montado. Mas o movimento não passou de um grupelho de antiquados que buscava a pureza racial argentina no gosto musical do público. A alegria tinha chegado para ficar.

Nos palcos do La Fusa de Mar del Plata, também estiveram Eladia Blázquez, Antonio Gasalla, Carlos Perciavalle, Jorge de la Vega e Agustín Pereyra Lucena.

Além dos artistas, Silvina Muñiz contratou uma trupe de jovens de "boa família" para ser relações-públicas do local. Os anúncios publicitários para a inauguração do café-concerto diziam: "...e você será atendido por Cacho Tejera, Juan Carlos, Elenita Goñi, Horacio García Belsunce, Pepe Roca."

Pepe Roca Benoit dizia descender de uma (falsa) linhagem, por via materna, da monarquia francesa decapitada pela Revolução, mas na verdade descendia do general Julio Argentino. Porém, independentemente desses brasões falsos e reais, Pepe Roca pertencia, de fato, à alta sociedade, e conhecia como a palma da mão todos os herdeiros da gente chique de Buenos Aires: seus gostos, seus hábitos, seus tiques. Além disso, "era charmoso e boa pessoa", segundo Helena Goñi. Silvina sabia muito bem por que o havia escolhido.

Já Helena (e não Elena, como erroneamente aparecia nos anúncios) descendia de uma família de fazendeiros. Horacio García Belsunce, por sua vez, era filho e neto de desembargadores. Com ele, aconteceu algo curioso, como recorda Helena:

> *Nem bem saiu no* La Nación *o anúncio do La Fusa com o nome de seu filho, García Belsunce pai foi ao jornal exigir retratação e a retirada de seu nome da publicidade, pois, do contrário, impetraria ações na Justiça. Foi buscar o filho, que já era um adulto, em Mar del Plata, dizendo que sua presença num lugar como aquele era uma vergonha para a família... E pensar no que foram capazes de fazer anos depois!*[3]

[3] Há dez anos a família aparece com destaque no noticiário policial devido a um dos crimes de maior repercussão na história recente argentina: o assassinato, em outubro de 2002,

Silvina contratou essas pessoas para que o público se sentisse em um salão de sua própria casa ou, no máximo, da casa de algum conhecido, mas jamais em um café-concerto. Os relações-públicas não apenas se conheciam, como, em alguns casos, eram amigos. Também faziam parte do círculo de amizades de muitos que iam ver o show.

Parecia que a motivação inconsciente de Silvina Muñiz era recriar os salões da *Belle Époque* no La Fusa de Playa Grande.

Antes da apresentação, os artistas comiam no Villa d'Este, o caríssimo restaurante do térreo. Os donos, dois irmãos que, talvez apenas por uma questão de aparência, demonstravam simpatia por Vinicius e companhia, faziam um preço especial para os músicos. Uma noite, depois de comer, quando todo mundo continuava sentado em volta de uma longa mesa, Chico Buarque se levantou e cantou uma música que acabara de compor na casa da rua Alem. Tratava-se de "Atrás da porta", que nos versos mais quentes diz: "E me arrastei e te arranhei/ e me agarrei nos teus cabelos/ nos teus pelos/ teu pijama/ nos teus pés..."

Lembra Horacio Molina:

> *Estávamos eu, Coco, Silvina, Vinicius, Toco e Chico no restaurante. O Chico tinha acabado de compor "Atrás da porta" e resolveu cantá-la para o Vinicius. Ele estava muito bêbado e começou a representar as cenas que a mulher narra na música. De repente, Chico subiu na cadeira, arrancou a camisa e ficou com o torso nu. Os garçons quase nos expulsaram, não fossem os donos, que gostavam da gente. Quase choramos com a loucura do sujeito, parecia estar possuído. Chico é um monstro!*

---

da socióloga María Marta García Belsunce, irmã de Horacio. A Justiça condenou à prisão perpétua o marido da socióloga, Carlos Carrascoza, declarado coautor do homicídio. No entanto, outros familiares, inclusive Horacio, foram incluídos nas investigações por suspeita de terem acobertado o assassinato. (*N.T.*)

O Villa d'Este, que teve um renomado chef do Claridge na cozinha, tornou-se a segunda casa dos artistas. Muitas noites, Silvina e Coco não apareciam, porque viajavam para Buenos Aires ou ficavam em casa para comer com os filhos. Toquinho, Chico, Helena Goñi, Cacho Tejera e Pepe Roca aproveitavam para se divertir com a "claustrofobia dos pés" de Vinicius, chutando os sapatos dele de um lado para o outro debaixo da mesa. Depois da sobremesa, alguém dizia distraidamente: "Puxa, já está tarde... o show já vai começar." E começavam a andar indolentes e resignados em direção à porta. Vinicius iniciava então a discreta e desesperada busca por seus mocassins. Deslizava pela cadeira, escondido da cintura ao queixo com a toalha da mesa, e tentava encontrar os sapatos. Toda noite, faltando apenas alguns minutos para o início do show, Vinicius caía na brincadeira. Quando se dava conta, gritava: "Filhos da puta!" E subia todo mundo para o La Fusa.

Naquela mesma temporada, Antonio Gasalla colocou em cena uma personagem que antecedeu, claramente, sua célebre e tragicômica empregada. Era uma mulher encarregada da limpeza, que de repente entrava no lugar, com um lenço na cabeça e uma vassoura na mão, e começava a varrer por entre os pés da plateia. E gritava: "Tenho que limpar."

O show terminava assim: vassoura vai, vassoura vem, e Gasalla fingindo maltratar o público. "Quando aparecia essa personagem, a gente se sentava", lembra Horacio Molina, "e Antonio, caminhando entre as pessoas, dizia: 'E quem é você?' Era extraordinário. Metade realidade e metade ficção."

Durante as tardes, Gasalla muitas vezes acompanhava Helena Goñi em sua ronda por butiques, antiquários, feiras artesanais e galerias em busca de material para a coluna "El extravagario", que ela escrevia semanalmente para a *Primera Plana*.

Lembra Helena:

Eu saía com o Antonio para comprar bobagens e garimpar algumas coisas para a coluna. No meio da rua ele fazia uma encenação que, na primeira vez, me pegou de surpresa, porque ele não tinha me avisado nada, e que depois repetiu sempre que teve vontade. Antonio fazia de conta que tirava uma coisa do bolso e me dizia aos gritos: "Chega, toma a aliança." Eu respondia meio gritando, meio magoada: "Já estou farta. Por que você me deixa sozinha com as crianças? Para que eu quero essa aliança?". E fingia jogá-la fora. As pessoas que passavam achavam que era tudo verdade.

Naquele verão, o talento jorrava das ruas de *Mardel*, como os argentinos gostam de chamar a cidade. Nunca antes Mar del Plata tivera tanto movimento e tantos artistas se apresentando como na época da inauguração do La Fusa. Daqueles dias na costa argentina, ficaram várias músicas compostas no casarão da rua Alem e um LP que Alfredo Radoszynski gravou nos estúdios Ion de Buenos Aires, entre 25 e 26 de janeiro de 1971.

LP do La Fusa de Mar del Plata

Depois do best-seller *Vinicius de Moraes en La Fusa con Maria Creuza y Toquinho*, Alfredo Radoszynski propôs ao poeta um segundo LP com os temas da temporada no café-concerto de Mar del Plata.

A essa altura, Vinicius perdera o medo de ser um fracasso de vendas, porque seu primeiro disco era um sucesso indiscutível que não parava de ser reeditado.

Entre julho de 1970 e janeiro de 1971, os shows de Vinicius, primeiro no La Fusa de Buenos Aires, depois no de Mar del Plata, tinham-no transformado em uma figura quase lendária, porque reconciliavam o poeta, o intelectual, o esteta e o profeta com o cantor, o hedonista, o decadente, o sedutor compulsivo, o notívago e alcoólatra. Em Buenos Aires, já era tido como uma *avis rara*, encantadora e digna do maior carinho.

O idioma e o sotaque argentino se arraigaram visivelmente em Vinicius. Embora no LP com Maria Creuza ele já tivesse um espanhol perfeito, o sotaque carioca permanecia intacto e, de fato, falava espanhol, e não argentino. Agora, no segundo LP, em que cantou Maria Bethânia, a contaminação é indisfarçável, não só no uso permanente do *vos* e no *yeísmo*, ou seja, na maneira de pronunciar o *ll* e o *y*, como na primeira palavra que ele diz quando o disco mal começa:

– *Pibe*! *Pibe*! Toquinho! – chama Vinicius.

– Diga, diga – responde Toquinho.

– *Vamos a hacer* "A tonga da mironga do kabuletê"?

Alguns minutos depois, na introdução a "Tarde em Itapuã", Vinicius diz, em espanhol: "[...] é uma canção que fala de um dia, de uma tarde em que passeamos Toquinho e eu por esta praia em calção de banho, *chupando una cachacita*, así."

Chupar é outra palavra que Vinicius pegou da gíria portenha. Quando se escuta com atenção o registro que Alfredo Radoszynski fez de "A tonga da mironga do kabuletê" e "Tarde em Itapuã", imediatamente se tem um efeito de estranhamento com as palavras que Vinicius pronuncia em argentino. Sabendo como Vinicius era, sua amiga Astrid de Ridder diz que ele deve ter adorado a palavra *chupar*, "pelos múltiplos significados que pode ter".

Foi neste segundo LP que a parceria artística entre Vinicius e Toquinho se consolidou: quase metade das músicas gravadas foi composta pelos dois. O disco marcou, entre outras coisas, o primeiro registro de "A tonga da mironga do kabuletê".

Uma tarde, quando Toquinho dormia e Vinicius, como de costume, escrevia na banheira, a campainha soou no casarão da rua Alem. Era o produtor Ben Molar, que estava com as *Trillizas de Oro*, e a mãe, o pai, a avó, o tio e tudo que é parente das trigêmeas de ouro.

"Viemos para mostrar ao Vinicius como as *Trillizas* cantam 'A tonga da mironga do kabuletê'! Precisamos de um violão", disse Ben Molar, dirigindo-se a Helena Goñi, como se ela já os estivesse esperando.

Helena foi à banheira e Vinicius a olhou intrigado. Ela contou o que estava acontecendo. "Heleninha, acorda o Toquinho e diz para ele vir aqui com o violão", sussurrou Vinicius, sem se mexer da banheira.

Minutos depois, pelo menos dez pessoas se amontoaram no banheiro e as *Trillizas de Oro*, acompanhadas por Toquinho, cantaram a versão que Ben Molar havia feito, sob medida para elas, de "A tonga da mironga do kabuletê". A adaptação dizia assim: *Me gusta la rosa/ me gusta el clavel/ la vida es hermosa/ el mundo también/ a tonga da mironga/ do kabuletê.*[4]

Quando elas foram embora, Vinicius ficou sério. Não achou graça na atuação das trigêmeas. E disse:

– Tadinhas, essas meninas parecem miquinhos amestrados!

As únicas coisas que a versão respeitava do original eram a melodia e o refrão.

O nome da música vinha de um xingamento em um dialeto africano que Gesse havia ensinado a Vinicius. Traduzido para o português, seria: Os pelos da boceta da sua mãe. Longe de ser um canto à alegria de viver, a música diz que tudo vai mal e que só se pode sair do fundo do poço praguejando: Eu saio da fossa/ xingando em nagô.

Vinicius dedicou a terceira música do disco, "Samba da Rosa", à empregada que ia ao apartamento de Fred Sill para lavar roupa, cozinhar e fazer faxina. Como mencionamos antes, a música foi composta por ele em Buenos Aires, na banheira do apartamento da esquina da Las Heras com a Coronel Díaz que Fred lhe emprestava. Egle Martin estava sentada no bidê. Quando cansava, mudava de lugar com o Toquinho e passava para o "vaso", como diz ela.

Acho que acabaram de compor "Tarde em Itapuã" na minha casa, diz Renata Dechamps, que naquela época vivia no Bairro Norte de Buenos Aires.

Horacio Molina assegura que os últimos retoques foram feitos em Mar del Plata.

O último tema do disco, "Dia da criação", havia sido um clássico nos shows do Zum Zum no Rio. No LP *Vinicius + Bethânia + Toquinho en La Fusa (Mar del Plata)*, a música foi gravada em espanhol, com Vinicius lendo a primeira versão desse extenso poema tal como constara da *Antología poética* publicada pela Ediciones de la Flor.

Vinicius + Bethânia + Toquinho é, sem dúvida, o disco mais argentino de Vinicius. Os três artistas principais foram acompanhados no LP

---

[4] "Eu gosto da rosa/ e do cravo também/ a vida é formosa/ o mundo também/ a tonga da mironga/ do kabuletê." (*N.T.*)

por Mike Ribas no piano, Alfredo Remus no baixo, o Zurdo Roizner na bateria e Cacho Gómez na percussão.

Alfredo Radoszynski comenta sobre a produção:

Depois de gravar o disco com Maria Creuza, viajei para o Brasil e fiz amizade com Vinicius. Por isso, quando eles estavam cantando em Mar del Plata, ele me ligou para avisar. Eu não pude ir, mas combinamos por telefone de gravar nos dias em que eles estivessem livres. Viajaram de trem para Buenos Aires, sem Cesse, e Vinicius voltou a ficar no hotel de sempre, o Impala da esquina da Libertad com a Arenales. Foi assim que, durante duas noites, gravamos o LP.

As condições de gravação foram idênticas às do disco com Maria Creuza: o produtor convidou amigos e parentes para que fossem reproduzidas no estúdio as situações próprias de um show ao vivo.

Rua Alem

Estou tão sozinha
Tenho os olhos cansados de olhar
Para o além.
SAMBA EM PRELÚDIO

Fique assim, meu amor, sem crescer
Porque o mundo é ruim, é ruim e você
Vai sofrer de repente uma desilusão
Porque o mundo é somente seu bicho-papão

Fique assim, fique assim, sempre assim
E se lembre de mim pelas coisas que eu dei
E também não se esqueça de mim
Quando você souber enfim de tudo o que eu amei.
VALSA PARA UMA MENININHA CHAMADA CAMILA

HELENA:

Eu levei a babá para cuidar da minha filha de um ano e meio enquanto eu fazia as matérias para a Primera Plana *e de noite trabalhava no La Fusa. Às vezes eram tantas crianças em casa. Havia os cinco de Coco e Silvina, a filha de Gesse, as duas filhas de Horacio e Chunchuna e a minha, que era quase um bebê. Juana e Inés, as filhas de Chunchuna e Horacio, brincavam de boneca com minha filha, e ela era a boneca.*

Todas as tardes, Vinicius ia para a banheira e escrevia à máquina. Ficava pelo menos duas horas. Minha filha, que era bem pequena, gostava de colocar os dedinhos nas teclas. Vinicius deixava. Um dia, escreveu "Valsa para uma menininha" e dedicou a ela.

Ele também gostava do nome da rua em que vivíamos: Alem. E fazia trocadilhos com a palavra em português: o além, com acento, que em espanhol quer dizer más allá, *e o Alem da rua. Ficou encantado com a coincidência das palavras.*

Os únicos que tinham quarto fixo na casa eram Vinicius e Gesse. Todos íamos rodando, conforme saía ou chegava alguém. Por exemplo, quando Silvina e Coco estavam em Buenos Aires, eu ia para a suíte deles. De madrugada, Chico e Toquinho me cantavam serenatas e eu aparecia na varanda que dava para o jardim.

Depois de almoçar, Toquinho me falava muito de seu irmão, que ele adorava e que tinha ficado paraplégico em um acidente.

Vinicius amava histórias obscenas e tinha um humor negro genial. Ficava contando uns casos como o seguinte: não me lembro quem, mas um amigo dele muito conhecido, podia ser o Jorge Amado, saiu muito bêbado de um bar no Pelourinho e foi dormir em um quartinho que encontrou aberto nesse labirinto de casas abandonadas que era o Pelourinho. De repente acordou porque escutou os gemidos de um casal transando, e ficou superexcitado. À medida que contava a história, Vinicius fazia toda a representação dos gemidos que seu amigo tinha escutado. Então "bateu uma", disse Vinicius, fazendo os gestos de quem se masturba. Aí o cara dormiu. Na manhã seguinte, foi olhar atrás da parede, esperando encontrar o casal, e viu uma velha morta. Achou que fossem gemidos de amor os estertores de uma velha morrendo! Mas... "bateu uma".

Um outro dia, depois de comermos, Vinicius falou: "O Chico me deve a vida." Todos nos olhamos. "Sim, me deve a vida porque uma vez fui para sua casa, a empregada me fez entrar e disse para eu me sentar, mas ouvi um gemido na poltrona e não me sentei. Se tivesse me sentado, teria asfixiado o Chico. Ele me deve a vida."

O La Fusa ficava numa esquina, na parte mais alta de uma rua que terminava no mar. Quando saíamos, depois do show, começava a amanhecer e o céu ficava meio cor-de-rosa. Eu ia com Vinicius, Toquinho e Chico descendo para a Alem na direção da casa. Com um braço, Chico levantava o violão e com o outro me abraçava, enquanto dizia aos gritos: "Ô céu de rosa caralho!", apontando o céu com o violão. Também me dizia: "Helena, Helena, vem me consolar", que depois vim a saber ser o verso de uma música popular brasileira. Nossos quartos estavam unidos por uma porta interna.

Na Alem se trepava mais do que na JP[5]*. E isso é dizer muito.*

Gesse me dava um cagaço! Na porta do quarto em que dormia com Vinicius, colocava pedras e acendia velas. Ela apresentou o Vinicius ao candomblé. Diziam que era filha de mãe de santo. Quando eu saía para fazer as matérias para El extravagario, *sempre comprava alguma pulseirinha para ela. Qualquer coisa. Queria ficar bem com ela. Era alta, de pernas longas, bonita, com um jeito de índia. Em uma reunião, ela podia vir com umas coisas desse tipo: se alguém a apresentava como "a mulher do Vinicius", ela respondia: "Prazer, a senhora boceta." Como ninguém entendia, não se ficava sabendo o significado da palavra. Mas ela sabia o que estava dizendo. Às vezes Vinicius ficava muito ciumento, como numa tarde em que Pepe Roca, que era um gato, entrou de porre na casa e, em vez de ir para outro lado, foi para o lado da suíte de Gesse e Vinicius. O poeta estava muito alto e fez um escândalo porque entendeu que Pepe queria transar com Gesse.*

Maria Bethânia e uma amiga íntima viviam em um hotel que Silvina tinha reservado para elas. Bethânia era bravíssima. Um dia, depois de fazer umas entrevistas para a Primera Plana, *cheguei e estavam todos sentados na sala. Vinicius nos apresentou. "É um prazer", disse Bethânia, apertando*

[5] Juventude Peronista (*N.T.*)

minha mão com força fora do comum, e acrescentou: "Esta é minha amiga, Leina Krespi."

As aparições de Bethânia no La Fusa deixavam todos arrepiados. O local estava praticamente às escuras, as pessoas sentavam em uns pufes baixinhos ao redor de mesinhas baixas. Ela vinha andando descalça e vestida de branco desde a porta de entrada e gritava os primeiros versos de "Carcará" com essa voz que, como disse Vinicius, parecia uma árvore queimando. Tinha os pés e as mãos repletas de argolas de prata. Jamais vi pés e mãos tão bonitos.

Maria Creuza ficou na rua Alem de meados de fevereiro até o final da temporada. Fazia um mês que havia tido sua filha Luana. Era uma baiana muito modesta para quem, às vezes, eu emprestava uma túnica para atuar porque ela tinha muito pouca roupa. Com sua chegada, mais uma vez mudamos de quartos.

Uma noite, depois do show, voltamos caminhando para a casa, como fazíamos quase sempre. Ao chegar, Toquinho disse que ia dar uma volta com sua namorada daquele verão, a loira Patricia González Calderón. Todos nós entramos em casa, menos ele. No dia seguinte, o violão do Toquinho não aparecia em lugar nenhum. Ele tinha esquecido o instrumento apoiado em uma árvore na calçada, bem em frente à entrada da casa. Todo mundo foi procurar. Lembro do Vinicius indo para a rua para ver se achava. O problema foi conseguir outro violão para o Toquinho naquela mesma noite. Em cima da hora, alguém levou para ele um violão com cordas de plástico que deu para quebrar um galho. É claro que o violão de Toquinho nunca apareceu.

O La Fusa tinha um balcão no fundo e um palco baixo no centro, com um piano. Juan Gatti pintou os murais das paredes do lugar. Trabalharam com ele Jorge Otermin Aguirre e Manuel Cancel, todos pintores. Fomos amigos. Juan era muito talentoso, mas também um suicida, e assim morreu. Jorge e Manuel vivem em Paris.

Na cozinha da casa da rua Alem, Vinicius e Toquinho compuseram "A flor da noite". Os três (porque o Chico também estava) foram montando a música inspirados em uma louca que vendia flores no velho Pelourinho, uma mulher que Vinicius tinha conhecido.

"Mimiyu, Mimiyu, faz o lobo", dizia minha filha de um ano e meio. Brincavam que Vinicius era o lobo e ela se assustava. Foi no meio dessas brincadei-

ras que Vinicius e Toquinho compuseram "Valsa para uma menininha chamada Camila", embora eu não saiba bem o que veio primeiro, se a música ou a brincadeira.

A partir desse verão, da convivência na rua Alem, fiquei muito amiga de Vinicius e dividimos muitas coisas.

Nunca fomos ao cassino, Vinicius não gostava. Para ele, as coisas mais importantes eram a música, o sexo, a amizade e o amor.

HORACIO:

Eu não conseguia acompanhar o ritmo deles e, por isso, fui morar com minha mulher e meus filhos em um apartamento que dividíamos com Cacho Tejera, que foi pau pra toda obra naquela temporada.

Nessa casa da rua Alem, vi o Vinicius em uma típica cena de ciúme: um dia chego, como de costume, para ensaiar com ele e o Toco, e então me dizem: "Vai embora porque sua vida corre perigo." Foi o efeito de alguma bebedeira, eu nunca roubei nenhuma mulher de amigo. No máximo posso ter dito: "Vinicius, você tem uma mulher muito bonita", mas nada mais do que isso. Não me deixaram entrar e tive que ir embora. No dia seguinte tinha passado. Era estranho ver isso nele, porque sempre estava para cima. Se fizesse uma prova de relações públicas, tiraria dez.

Nessa casa reinava um clima de boemia e liberdade.

Fazíamos a maior parte dos ensaios no banheiro da rua Alem. Ensaiávamos todos os dias porque foi em Mar del Plata que eu cantei formalmente com o Vinicius. Foi nesta casa também que finalizaram o arranjo de "Tarde em Itapuã". Toco ensaiava "Mano a mano" porque no show ele fazia esse tango e algum outro que eu ajudei a tirar. Esse trio, eu, Toco e Vinicius, era uma bagunça.

EGLE:

Fazia vários anos que eu vinha rastreando, investigando a influência da música africana na música argentina. Quando Vinicius e eu nos conhecemos, a atração foi mútua – atração artística, quero dizer. Durante todo o ano nos reunimos na minha casa ou no apartamento de Fred para ensaiar. Então, aproveitando que Vinicius tinha ficado na Argentina durante o verão, fui visitá-lo em sua casa de Mar del Plata. Havia muita gente lá, mas conseguimos nos concentrar e fizemos uma música que não foi gravada: "El candombegle". Viajei de carro com um amigo desde Buenos Aires e passei o dia todo trabalhando com o Vinicius. A partir desse encontro em Mar del Plata, alguns meses depois, Vinicius gravou no Brasil, com Toquinho e Marília Medalha, uma música que dedicou a mim, "A vez do dombe", que é sobre o candombe argentino.

Lamentei não ter ido para Mar del Plata dois ou três dias antes para poder ver Maysa, meu amor, antes de ela voltar para o Rio.

Segundo o biógrafo de Vinicius, José Castello, no que diz respeito aos resultados, "essa temporada só pode ser comparada com as semanas que Toquinho e Vinicius passaram na Itália sob a proteção de Sergio Bardotti. Em Mar del Plata, onde fizeram cerca de cem shows, compuseram perto de 20% de suas canções".

Mar del Plata F.C.

Para melhorar o clima, os artistas dos cafés-concertos La Fusa e La Cebolla montaram seus times de futebol.

Na equipe do La Fusa estavam Carlos Perciavalle, Horacio Molina, Antonio Gasalla, Toquinho, Chico Buarque e, claro, os garçons.

No time do La Cebolla, o músico Alberto Favero, os músicos e comediantes Daniel Rabinovich e Marcos Mundstock (do grupo Les Luthiers) e os empregados do local.

O confronto das duas equipes, cada qual com onze jogadores, ocorreu em um campo com medidas oficiais. O time do La Fusa jogou melhor e ganhou de 5 a 2 do La Cebolla.

"Chico e Toco jogavam futebol muito bem", diz Molina. "Dava para ver que tinham muita experiência."

Desse dia, há uma foto com todo o elenco dos dois times. Trata-se de uma foto histórica porque é a última em que aparecem juntos a cantora e atriz Nacha Guevara, que tinha ido torcer para o La Cebolla, e Marcos Mundstock, do Les Luthiers.

Nessa mesma noite, no La Cebolla, o Les Luthiers cedeu o palco para Nacha cinco minutos depois do combinado. Ela se enfureceu, dizendo que lhe tinham roubado cinco minutos de espetáculo. A irritação foi crescendo e, enquanto discutia com Mundstock, cravou-lhe um copo de uísque na testa. "A elétrica Nacha Guevara, possuída por diabólicas fúrias", escreveu um jornal da época, "evocou em Mar del Plata os melhores tempos do *saloon* ao aplicar um relampejante gancho no rosto do barbado Marcos Mundstock. Esqueceu que no punho viajava também um copo com uísque cuja presença se traduz agora em uma costura de seis pontos para o novo e atribulado *scarface*".

A noite terminou com o músico no pronto-socorro e a violenta discussão, em um processo contra Nacha. A ação, no fim, foi vencida por Mundstock.

Desde aquela noite terrível, os dois nunca mais foram vistos juntos nem em um espetáculo nem em uma foto.

Os números

No fim de janeiro, a relação custo-benefício do La Fusa de Mar del Plata era muito ruim para Silvina Muñiz. Antecipando-se ao inevitável, ela reuniu os artistas e os funcionários para anunciar que o salário de fevereiro equivaleria à metade do que fora pago em janeiro. Embora as causas fossem visíveis, os artistas se sentiram manipulados e muito pouco valorizados.

Mas a "economia" supostamente gerada em não pagar para ninguém (nem mesmo Vinicius) o salário integral de fevereiro não dava para quase nada. Foi então que Silvina fez uma verdadeira jogada de advogado e mandou seu faz-tudo, Horacio Molina, abrir o La Fusa de Punta del Este. Calculava o seguinte: se não há nada aberto em Punta por medo de um atentado, seremos os únicos e o êxito de caixa estará garantido.

Naquele verão, parecia ter caído uma praga sobre o balneário uruguaio. Tudo estava deserto. "Tranquilamente, dava para andar a cem por hora na avenida Golero", conta Molina.

Mais uma vez, Silvina ia para o tudo ou nada sem medir as consequências. Movido muito pela necessidade e um pouco menos pela fome de aventura, Molina partiu para Punta del Este. Ninguém sabia o que poderia acontecer.

Recorda Molina:

> *No verão de 1971, abri o La Fusa de Punta del Este. Em dezembro eu tinha voltado da Europa para ganhar alguns pesos, mas não vi um tostão em Mar del Plata. Por isso fui para o Uruguai como chefe de tudo. O Antonio Gasalla já estava me esperando. Também estiveram lá Dori e Nana Caymmi, que brigavam feio no palco. Era ela que conduzia o show. Eu cantava tangos e boleros. Terminávamos a noite com Antonio fazendo a empregada que chegava da rua e começava a limpar os pés das pessoas gritando e insultando todo mundo. Foi extraordinário. Em plena época tupamara, éramos os únicos que faziam um espetáculo em Punta; tínhamos até um policial na porta, que podia ser executado a qualquer momento. No fim das contas, não tivemos nenhum problema com os tupamaros. Silvina tirou da cartola essa história de Punta para ganhar dinheiro e, por sorte, foi um sucesso.*

Os artistas que não viajaram para Punta del Este e ficaram em Mar del Plata (Vinicius e Toquinho, além dos relações-públicas) foram chamados para uma reunião no fim de fevereiro. Conta Helena Goñi:

> *Nessa reunião, Silvina nos comunicou que o prejuízo era tamanho que não havia dinheiro sequer para nos pagar. Naquele momento, fiquei muito chateada com ela, mas depois percebi que, se fôssemos colocar na balança tudo o que fizemos e vivemos naquele verão e o fato de não termos recebido em fevereiro não teria nem comparação. O que eu vivi ali não se paga com dinheiro. E olha que, no dia em que saímos da casa da rua Alem, Silvina quis me cobrar o aluguel do berço da minha filha! Não importa, porque o que ela conseguiu fazer naquele verão foi excepcional. Silvina era uma mulher talentosíssima.*

Quase como uma ironia, o humor negro perseguia os passos de Vinicius. Jornalistas argentinos e uruguaios estavam jantando em um restaurante em Punta del Este quando alguém chegou com uma bomba na mesa: Vinicius de Moraes tinha morrido em um acidente automobilístico na península. Os garfos voaram, os guardanapos e as cadeiras caíram no chão. Para aumentar a adrenalina dos repórteres, não faltaram pessoas sensatas dizendo que era verdade, porque os boletins de rádio estavam transmitindo a notícia. Alguém sugeriu contatar a Casapueblo, onde Vinicius estava hospedado, mas não havia telefone lá. Então, as linhas da polícia de Maldonado e Punta del Este ficaram congestionadas. O acidente foi negado. No entanto, sem se conformar, os jornalistas entraram em contato com as rádios locais e as de Montevidéu. Somente de madrugada a história foi esclarecida, quando se soube que a notícia transmitida por uma rádio uruguaia fora veiculada originalmente por uma rádio carioca. Na temporada anterior, um boato parecido também havia circulado em Punta del Este. Apesar do seu saboroso humor negro, Vinicius não achou nenhuma graça nessas notícias.

Nesse mesmo dia, 21 de fevereiro, era libertado pelos tupamaros o cônsul do Brasil em Montevidéu, Aloysio Dias Gomide, que fora sequestrado em 31 de julho de 1970.

Aquela foi a última temporada em que Horacio Molina trabalhou com Silvina Muñiz. No ano seguinte, abriu em Punta del Este El Café del Puerto, seguindo o exemplo de Carlitos Perciavalle, que já havia criado, também em Punta, o La Mota Agitada.

Vinicius também não voltou a cantar no La Fusa nem a gravar um disco em Buenos Aires.

Mas nada se perde, tudo se transforma.

Poeta em Buenos Aires (III)

Os livros de Vinicius vendiam muito bem em Buenos Aires. Então, a Ediciones de la Flor publicou, em maio de 1970, um terceiro título do poeta: *Para una muchacha con una flor*, também traduzido pelo poeta René Palacios More.

Nesse livro, Vinicius reuniu uma seleção de crônicas que escreveu para o jornal carioca *Última Hora* entre o começo da década de 1940 e meados da de 1960.

A artista plástica Renata Schussheim, amiga pessoal de Vinicius, fez a linda capa do livro a partir de uma foto antiga que Daniel Divinsky, dono da editora, ainda guardava do quiosque que seu avô teve no bairro de Villa Crespo.

Renata e Vinicius já eram amigos fazia tempo.

Conheci o Vinicius no final dos anos 1960 na casa do meu primo Jorge, que dava uma festa em homenagem a ele. Fui com Victor Laplace, que era meu marido. Também estava o Daniel Divinsky. Naquela noite dançamos muito e eu, além do mais, bebi à beça. Fiquei bêbada pela primeira vez e isso me deu medo. Então o Vinicius se aproximou e me tranquilizou dizendo que nada ruim ia me acontecer, que não ia aparecer nada que não estivesse dentro de mim. Nessa noite nos tornamos amigos. Por isso, cada vez que ele chegava era como uma onda avassaladora e eu cancelava todos os meus compromissos. Ele tinha seu grupo aqui.

Amava Buenos Aires e era muito amado por nós, pelo que fazia e escrevia, e também como personagem da noite. Admirávamos muito o Vinicius como poeta.

Entre Renata e Vinicius se estabeleceu uma amizade intensa que ela própria chamou de relação de "marinheiros", por serem companheiros de jornada em uma vida vivida com intensidade. Além de amigo, ela via em Vinicius um mestre. Quando ele estava em Buenos Aires, todas as tardes, às 19h, os dois se juntavam para trocar novidades. "Ele me contava todas as suas coisas", diz Renata.

Em um mês, o livro teve três edições esgotadas. Com este best-seller, Buenos Aires continuou lendo o Vinicius cronista, faceta que já se tornara conhecida com a publicação de *Para vivir un gran amor*, seu primeiro livro editado na Argentina, que reunia crônicas e poemas.

Quando, em 1966, foi publicada no Rio de Janeiro a primeira edição de *Para uma menina com uma flor*, Vinicius estava casado com Nelita Rocha, a quem dedicou o primeiro texto do livro, o poema "A brusca poesia da mulher amada". Todo o resto são crônicas circunstanciais, algumas saturadas de cor local, que têm em comum o mesmo tom otimista. Talvez esteja aí a explicação da imediata avidez dos leitores portenhos por essa obra.

Uma resenha do jornal *La Nación*, publicada em maio de 1970, afirmou: "Deixando de lado a profundidade, que não há por que exigi-la, e o sentimentalismo a que recorre tão frequentemente, sua leitura ajuda as pessoas: exalta o bem, elogia o encanto da vida diária, dá uma luz saudável ao que parece monótono e permite vermos o que há de belo e positivo naquilo que nos angustia. O estilo é suficientemente comunicativo para não criar muitos problemas ao público a que se dirige."

Em *Para una muchacha con una flor*, Vinicius não deixa praticamente nenhum tema de lado: a mulher, a amizade, a noite, o futebol, a pobreza, a beleza. Há inclusive um minimanual de estilo jornalístico. Para quem não tinha ouvido falar de Vinicius ou não queria compreendê-lo, essa antologia podia parecer um exercício de demagogia sentimental. Mas, por sorte, para desmentir o excesso de sagacidade ou de má intenção, Vinicius ainda estava vivo. Em Buenos Aires, seus companheiros de noite e de álcool, as mulheres que amou e o público que sabia senti-lo já haviam entendido o que movia sua escrita: o amor. Com esse livro, os leitores argentinos confirmaram que Vinicius continuava sendo um "mártir da delicadeza".

Houve um jornalista do *Clarín*, Fernando Alonso, que, um pouco na contramão da crítica especializada, escreveu o seguinte: "Todas as crônicas do grande Vinicius, compiladas no livro que comentamos, parecerão demasiado simples para muitos. Claro que para outros será o contrário: algo muito puro, imperecível. Porque uma fortaleza do Amor, como é este livro, resiste até mesmo aos bombardeios. E custa crer como um homem desta parte do século, felizmente sul-americano, tenha podido insistir com tantas crônicas e com tanto amor. *Para una muchacha con una flor* é um livro para ansiar uma vida que, como a mulher para o grande Vinicius, se ofereça 'no presente, no presente do futuro, sem dores do passado'."

Muitas crônicas também podem ser lidas como aquarelas cariocas. "Vejo da minha janela uma nesga do mar verde-azul de Copacabana e me penetra uma infinita doçura. Estou de volta à minha terra... A máquina de escrever conta-me uma antiga história, canta-me uma antiga música no bater de seu teclado. [...] Uma empregada mulata assoma ao parapeito defronte, com o busto vazando do decote, há toalhas coloridas secando sobre o abismo vertical dos apartamentos, dá-me uma vertigem. Que doçura!" Outras passagens são uma overdose de cor local. "São doces os caminhos que levam de volta à pátria [...]. Era o nome de Iracema, da Rádio Iracema em Fortaleza, a emissora dos lábios de mel, que sai mar afora, enfrentando os espaços oceânicos varridos de vento para trazer a um homem saudoso o primeiro gosto de sua pátria." Outros textos fazem uma singela homenagem às paixões populares: "Eu não sou gênio, não. Eu tenho que pensar um bocado para que a mão transmita direito o que a cabeça lucubrou. Meus gols são mais raros que os seus. Você é com justa razão chamado o Rei. Quanto a mim, que rei sou eu? [...] Parabéns, meu caro Pelé. Parabéns e o melhor abraço aqui do seu irmãozinho!"

As críticas dos suplementos literários da época deixaram Vinicius de fora do que era considerado o bom gosto culto. Ele, velho lobo do mar, já conhecia essas águas. Eram as mesmas que, no Brasil, lhe atiraram um salva-vidas de chumbo com a alcunha de Poetinha quando se uniu a Tom Jobim e, juntos, iluminaram a bossa nova. Depois, quando compôs com Toquinho trilhas sonoras para novelas, também foi criticado pela *intelligentsia* vernácula.

Em entrevista a um veículo de imprensa brasileiro, Vinicius disse: "Não adianta você querer fazer poesia política de propósito. O poema tem de nascer da tua própria revolução. [...] Não vou fazer como o Drummond, que leva os poemas dos comunistas para casa e os corrige, para que fiquem mais bonitinhos. Não sou revisor de comunista. Eu fiz muita poesia política e rasguei tudo depois. Vi que elas não tinham verdade nenhuma, eram só artifício. [...] A razão pode ser a mais digna possível, mas não me peçam isso. Não faço poemas para fora."

Seu último livro publicado na Argentina, também pela Ediciones de la Flor, foi *El arca de Noé*, um livro de poesia para crianças traduzido pela atriz Cecilia Thumin, mulher do diretor de teatro Augusto Boal e amiga de Vinicius. Eram os poemas que estava gravando com Toquinho quando a morte o surpreendeu em julho de 1980.

Ancorados em Buenos Aires

Durante a primeira metade da década de 1970, Buenos Aires recebeu vários exilados brasileiros. Alguns eram dirigentes sindicais. Outros, intelectuais. Este exílio se tornou mais numeroso após o golpe de Estado no Chile, em setembro de 1973.

Fazia tempo que o dramaturgo, diretor e teórico teatral carioca Augusto Boal, mundialmente conhecido por ter formulado as bases teórico-estéticas do que chamou "o teatro do oprimido", havia abandonado forçosamente o Brasil e se estabelecido em Buenos Aires.

De Santiago, depois da queda de Salvador Allende, chegou o poeta maranhense Ferreira Gullar.

Do Peru de Velasco Alvarado, veio o jovem jornalista Eric Nepomuceno:

> *Não queria perder a recuperação da democracia na Argentina. Quando cheguei a Buenos Aires com minha mulher, eu tinha 24 anos. Meu primeiro*

trabalho foi no La Opinión, *mas logo me dei conta de que não sabia escrever em espanhol. Assim, o Tomás Eloy Martínez, que dirigia o suplemento cultural do jornal, disse: "Escreve o que quiser", e foi o que fiz. Mas só comecei a escrever contos para a revista* Crisis, *que Eduardo Galeano dirigiu em Buenos Aires entre 1973 e 1976. Até então, eu só era jornalista.*

Conheci o Vinicius no Antonio's, no Rio, em 1968 ou 1969, porque o Chico Buarque, que era e é meu amigo, foi habitué *do lugar. O bar virou o escritório de uma geração de artistas e intelectuais brasileiros: Rubem Braga, Fernando Sabino, Tom Jobim, Vinicius, Chico, Edu Lobo.*

Daquela época, a imagem que ficou em mim foi a de um Vinicius padrinho, guru, grande pai. Eu vivia momentaneamente em São Paulo, mas a cada quinze dias tinha que ir para o Rio. O Antonio's significava para mim o ingresso no mundo desses heróis da cultura brasileira contemporânea. O Vinicius se divertia me tratando de um jeito didático, dizendo o que beber e o que não beber.

Lá, eu soube também que ele era um esteta da conquista amorosa: os conselhos que nos dava para deixar uma mulher apaixonada na hora da sobremesa ou como, quando e onde se deve colocar a garrafa de champanhe na geladeira para ela ficar "no ponto" para beber com a mulher amada. "É preciso surpreender as mulheres", dizia. E tudo isso era apenas uma filigrana da conduta amorosa.

E, quem diria, depois de vários anos nos reencontramos em Buenos Aires. Ele me levou pela primeira vez a uma trattoria *que ficava na Las Heras: Zi Teresa. Vê-lo entrar ali era como vê-lo entrar no Antonio's: os garçons o conheciam, os donos também, embora ele fosse lá umas poucas vezes no ano. Vinicius havia criado um lugar de reunião, um ponto de encontro. Sua predileção por tal ou qual restaurante era uma referência, considerávamos a sua palavra autorizada na hora de escolher um lugar para comer. Assim, quando Joan Baez esteve em Buenos Aires em 1974, levei-a para jantar lá. Contei que tinha sido o Vinicius que me havia apresentado o lugar, mas ela não sabia quem era. "É o autor de 'The girl from Ipanema'", eu disse a ela. E ela me respondeu com um* Oh, yeah!

A presença de Vinicius em Buenos Aires ajudou muitíssimo Ferreira Gullar, que passava o dia todo sozinho, fechado em um apartamento, à beira da depressão, escrevendo Poema sujo.

Quando Vinicius incentivou Gullar a ler seu extenso Poema sujo *na casa de Augusto Boal, para com isso poder gravá-lo e divulgá-lo no Brasil, esta-*

va propiciando, sem ter consciência disso, que esse poema e esse poeta se tornassem uma das melhores expressões culturais brasileiras do século XX.

Ao voltar ao Brasil em 1978, após muitos anos no exílio, Ferreira Gullar teve uma enorme surpresa: sua obra e seu nome eram muito conhecidos, graças à divulgação que Vinicius fizera das fitas cassete que tinha gravado em Buenos Aires.

Turbulências

Fora da crítica brasileira especializada, os jovens paulistas, já habituados aos circuitos universitários de Vinicius, consideravam-no um poeta de resistência ao regime de Emílio Garrastazu Médici, porque, segundo Eric Nepomuceno, ele cantava a vida, e isso era exatamente o contrário da ditadura.

Em Buenos Aires, o lado político de Vinicius nunca teve muita importância. Talvez por ser estrangeiro, não exigiram que ele tomasse partido publicamente quando a polarização da sociedade argentina só fazia aumentar. No Rio da Prata Vinicius ultrapassou essas fronteiras. Representava o hedonismo, a intensidade em viver e (talvez por ser brasileiro) a alegria, que servia de contrapeso à melancolia do tango.

No Brasil, frente ao auge do tropicalismo de Caetano Veloso, Gilberto Gil e Gal Costa, a bossa nova começou a ser considerada um gênero antiquado. Alguns críticos, inclusive, chegaram a batizar de *easy music* as canções de Vinicius e Toquinho.

Lembra Nepomuceno:

Isso doeu muito no Vinicius, que naqueles anos, e embora ainda não tivesse chegado aos 60, estava começando a transitar pela crise da idade avançada: tinha sido expulso do Itamaraty, Nelita o havia abandonado, a ditadura brasileira se fechava cada vez mais sobre si mesma. Foram muitas coisas pesadas que caíram em cima dele ao mesmo tempo.

Diante das crises, Vinicius tinha como característica insistir em atitudes anteriores. Naquele momento, cruzou com Gesse, que representou para ele outra retomada

da vida por meio da mulher jovem que não lhe traz conflitos, que se assombra com seu mundo e que, além do mais, ele pode iluminar com seu mundo interior. Para completar, Gesse trazia os mistérios do candomblé e da Bahia pela veia mística e juvenil. Sublinho o juvenil porque isso era de suma importância para Vinicius.
Quando ele voltou do Uruguai e da Argentina, no começo de 1970, estávamos no Antonio's numa tarde de sexta-feira e nos perguntávamos: "Será que ele vai trazer a baiana ou não?" Todos os seus amigos reclamavam que ele foi se isolando muito durante a relação com Gesse. Ela não tinha boa fama na Bahia. Edu Lobo foi visitá-lo em sua casa de Itapuã e me disse que desistiu de continuar frequentando Vinicius porque (e repetia muito isso) era doloroso vê-lo perdido, esmagado. Quando chegou, encontrou-o no meio de uma coisa promíscua, hippie, libertina. Tudo isso criava um clima muito complicado na casa. E Gesse nem aí para nada. Nem o Vinicius ela respeitava.
Entre eles, havia um abismo sociocultural. Ela vinha dos terreiros de santos, era muito assídua do candomblé. Apresentava-se como uma mescla de animadora e atriz, mas no Rio ninguém a conhecia. Sempre me chamou atenção que Vinicius, sendo tão amigo de Jorge Amado, Caymmi e Caribé, que eram Obá, tenha precisado dessa moça desconhecida para se introduzir no candomblé. Ela soube enfeitiçá-lo com isso. Mas não tenho dúvida de que se, em vez de praticante do candomblé, ela tivesse sido budista, judia ou muçulmana, Vinicius teria abraçado qualquer uma dessas religiões.
Mergulhou fundo no mundo dos terreiros, porque ele era assim. A superficialidade não tinha lugar em sua vida. Por isso, quando ele casou na Bahia conforme o ritual do candomblé, acreditou no que estava fazendo. Ou quis, ou precisou acreditar.
Essa guinada para a religiosidade popular é do último terço de sua vida. Vinicius vinha de uma educação muito rígida, mas com mentalidade europeia. Em sua adolescência e primeira juventude, foi um católico místico; em sua juventude propriamente dita, beirou o fascismo. Nunca foi meio-termo em nada.
Por outro lado, era rápido para terminar um relacionamento que não estava dando certo, exceto com Gesse, que, não por vontade própria, demorou muito: cerca de dois anos. Até hoje, Edu Lobo lembra, com os olhos marejados, Vinicius dizendo no fim do casamento: "Me ajuda, amiguinho, que estou muito mal. Estou fodido."

Quando começou a se apresentar nos circuitos universitários, Vinicius se sentiu rejuvenescido: deixou o cabelo crescer e começou a usar umas calças surradas e uns camisões desbotados em estilo hippie. Gesse organizava a agenda do marido e era sua produtora.

Porém, o que havia começado com esporádicos shows em universidades acabou se tornando uma infinita turnê pelo Brasil, que se estendeu ao longo de dois anos. Lembra Eric Nepomuceno:

O Chico me contou que, almoçando com o Tom e ele, Vinicius tinha dito que a censura acabava de suspendê-lo por dois meses. Depois de dar esta notícia, fez um silêncio e exclamou: "Graças a Deus!, porque senão a Gesse me põe de novo na máquina de moer carne." Ele não aguentava mais aquele ritmo vertiginoso e reclamava que ela o fazia trabalhar muito. Enquanto isso, Gesse, por sua vez, se enfurecia por ter que reprogramar a agenda do Vinicius. Naquela época, entre 1970 e 1974, os amigos quase não viam Vinicius. É que ele tinha de cumprir muitos contratos assinados a pedido de sua mulher. E, além disso, foi morar na Bahia e acabou se isolando cada vez mais.

Porém, o mais incrível de tudo é que Vinicius nem se interessava pelos shows. Ou, pelo menos, por essa maratona de apresentações em que estava metido. Só queria dinheiro para poder pagar as contas. Antes de sair em uma turnê, era comum que falasse com o Chico coisas do tipo: "Vamos para Portugal, que é tão lindo!" Então, armava um grupo com Edu, Nara, Chico, que eram músicos. Ele não era, mas o público ia por causa dele. E não importava se estava o Roberto Carlos ou o Silvio Rodríguez. As pessoas iam ver o Vinicius. Era ele que chamava, era o centro.

A primeira vez que vi Gesse foi em São Paulo, na minha casa, no final de 1971. Tínhamos convidado o pintor argentino-baiano Caribé e sua mulher para comer, e ele nos pediu para avisar ao Vinicius, que estava na cidade fazendo uns shows com Toquinho e Marília Medalha. Convidamos, mas ele não foi sozinho, levou a Gesse. Naquela noite, ela se comportou como alguém da casa, ajudava em tudo que fosse preciso. Mas outro convidado que estava na minha casa e a conhecia da Bahia me disse que, se soubesse que ela iria, não teria aparecido. Com essa mulher, Vinicius começou a ganhar bastante dinheiro, porque as turnês que ela organizava eram maratonas: tinham cinco ou quatro shows por semana. Pode-se dizer que ela profissionalizou Vinicius economicamente.

A casa em que viveram juntos na Gávea era muito pequena, mas ele se sentia bem. Dizia-me: "É um ovinho. Não tenho que andar muito, não me canso. Dou dois passos e estou na cozinha, três e estou no quarto." Mas ele não era um franciscano.
Vinicius gostava muito de desfrutar as coisas boas da vida: comia bem, era um grande conhecedor de vinhos, vivia bem, ficava em hotéis confortáveis, mas não movia uma palha para conseguir tudo isso. Era um boêmio, acima de tudo.
Gesse teve uma boa vida com Vinicius, mas ele também teve com ela.
Sei que tiveram um casamento muito turbulento. Na hora da separação houve vários litígios: ela queria ficar com a casa da Bahia, mas o mais importante era uma santa barroca de madeira, que Vinicius adquirira havia muitos anos, e o retrato que Portinari fez dele. O valor econômico do quadro era o que menos importava a Vinicius. Em todas as suas separações, foi a única coisa que levou consigo. Esse retrato agora deve valer uns 300 mil dólares. Me parece estranho que Gesse o quisesse por seu valor afetivo.

Mi Buenos Aires querido

Os códigos da sociedade estavam mudando. Vinicius já não podia ser o mesmo da boate Zum Zum do Rio de Janeiro simplesmente porque o Brasil não era mais o país daquela época. Fustigado pelos seguidores do tropicalismo, que consideravam sua música antiquada e passadista, Vinicius buscava auditórios mais fiéis e coerentes entre os universitários do estado de São Paulo.

Uma noite, em uma apresentação na cidade argentina de Córdoba, Vinicius e Toquinho encheram um teatro apesar do forte temporal que caía na cidade. "No Brasil estamos fora de moda, Toquinho. Aqui nos adoram", disse Vinicius. Nas cidades da Argentina e do Uruguai, o poeta ainda tinha o prestígio de um clássico: sobrevivia a todas as modas.

No início dos anos 1970, Buenos Aires foi uma segunda pátria para Vinicius, que começou a passar longas temporadas na cidade. Reuniões na casa de amigos, como a escritora e jornalista Maria Julieta Drummond de Andrade, seu editor Daniel Divinsky e o dramaturgo Augusto Boal, eram mais do que frequentes.

Certa vez, Maria Julieta contou a história de um suposto almoço que acabou virando quase café da manhã do dia seguinte:

> *Já famoso, seus admiradores portenhos, inumeráveis, insistiam em estar a seu lado e não lhe davam descanso. Ele aceitava com serenidade o assédio. Lembro-me do sábado em que, para reunir uma legião de amigos, ele resolveu preparar uma feijoada imensa no apartamento de uns argentinos. Mandou fazer as compras com antecedência (a farinha, as carnes, a acelga que substituía a couve, tudo), mas se esqueceu de recomendar aos donos da casa que pusessem o feijão de molho na noite anterior. Os convidados chegaram à uma, muito antes de Vinicius, que tinha saído tarde do hotel para comprar uma túnica bordada para sua namorada. Salgadinhos, queijo, amendoim e uísque acabaram. Em sua cadeira de rodas, a escritora María Rosa Oliver, em jejum, achava tudo divertidíssimo. Fui embora por volta das oito horas sem almoçar (nem jantar) e soube depois que a feijoada foi servida à meia-noite, deliciosa. Só o Vinicius podia fazer coisas desse tipo sem irritar ou ferir o próximo, sem perder a graça, sem se agitar, eu diria que até com perfeição. Só ele mesmo, um dos homens de maior simpatia humana, mais generosos e encantadores que conheci, que era capaz de espalhar assim, com simplicidade, a seu redor, afeto, humor e uma inesgotável poesia.*

Um meio-dia de sábado (que acabou se estendendo pela tarde), com o calor típico do sol que desponta depois das chuvas características de novembro, e com 100% de umidade, Daniel Divinsky e Vinicius começaram a preparar caipirinha e talharim. O almoço era no conjugado do editor, e também estavam Maria Creuza, Dori Caymmi e amigos do dono da casa. "Bebemos tanto", conta Divinsky, "que quando todo mundo foi embora eu falei com um amigo: 'Desliga o ar-condicionado', e me joguei na cama."

Poetas em Buenos Aires

Em 1975, em um almoço ou jantar na casa de Augusto Boal, começou-se a falar de um extenso poema: *Poema sujo*, que Ferreira Gullar acabava de escrever em seu exílio em Buenos Aires. Gullar não queria mostrá-lo para ninguém, mas Vinicius insistiu para ele ler o texto a um grupo de amigos. Combinaram com Boal para fazer isso no dia seguinte.

Ao conhecer o poema, Vinicius ficou tão impressionado que escreveu para a revista *Manchete*: "O caso é que eu tinha convidado um grupo de amigos para ouvir a gravação em cassete do último e belíssimo poema de Gullar, chamado *Poema sujo*, que o poeta lera para mim em Buenos Aires, em outubro do ano passado, e que mexeu comigo até a medula. Um poema de largo fôlego (52 laudas datilografadas, contendo umas 13 mil palavras) em que ele, partindo da evocação da meninice em São Luís do Maranhão, sua cidade natal, atinge uma universalidade como não se via na poesia brasileira desde que Drummond escreveu *Sentimento do mundo* e *A rosa do povo*."

Vinicius gravou a leitura em um cassete que levou para o Rio e se encarregou de divulgar, porque a poesia de Gullar estava no mesmo grupo que a sua: fora escrita com sangue, suor e sêmen. Tudo o que ele, inutilmente, pedia para a poesia brasileira.

Ferreira Gullar, como é de se supor, tinha pouco dinheiro. Sobrevivia dando aulas de português para pessoas que iam trabalhar no Brasil, enquanto esperava um trabalho de assistente na Universidade de Buenos Aires que, devido à violência política do momento, jamais chegou.

Certo dia, o escritor argentino Alberto Manguel ligou de Papeete, na Polinésia Francesa, para a Ediciones de la Flor. Queria falar com Vinicius. A proposta era escrever uma série de textos a partir de fotografias do Rio de Janeiro para uma edição de luxo que a Éditions du Pacifique faria sobre a cidade. O valor oferecido era astronômico para a época: 5 mil dólares. Daniel Divinsky transmitiu a mensagem para Vinicius, que, por sua vez, fez uma proposta entusiasmada para Ferreira Gullar: "Escreve o livro e assinamos os dois. Depois, dividimos *fifty-fifty* os 5 mil dólares." Após tanta maré ruim, Gullar pulava de alegria. O gesto de Vinicius devolveu a confiança ao poeta e o animou a publicar o extenso poema escrito em Buenos Aires.

Com Marta Rodríguez Santamaría, mulher de Vinicius, e Laura, namorada de Ferreira Gullar, traduziram todo o *Poema sujo* para ser publicado pela Ediciones de la Flor. O próprio Gullar, ao lhe perguntarem sobre essa primeira tradução, comentou:

> *Nasceu de uma iniciativa de Vinicius de Moraes, que, depois de levar o poema para o Brasil, voltou a Buenos Aires com a ideia de fazermos uma tradução a quatro mãos, ou melhor, a doze ou quatorze mãos. O livro sairia pela Ediciones de la Flor, mas o editor teve que fugir do país perseguido pelos militares. Antes de entregarmos a tradução, ela foi revisada uma noite, na casa do Boal, por uma equipe de que fazíamos parte eu, Boal, uma das tradutoras, Eduardo Galeano e Santiago Kovadloff. Como o editor se exilou e pouco depois eu voltei para o Brasil, a tradução ficou inédita.*

Em meados da década de 1970, a atividade intelectual de Vinicius foi especialmente intensa na Argentina.

Em 1976 publicou, com Renata Schussheim, o livro *Vinicius e Renata: os elementos*, que escrevera em Montevidéu, em 1960, para sua mulher Lúcia Proença. Vinicius presenteou Lucinha com um livro de oito páginas atadas com uma fita e escritas à máquina por ele: "Os quatro elementos – O fogo – A terra – O ar – A água." Na última página, registrou: "Este livro terminou de ser impresso às duas da madrugada do dia 22 de fevereiro de 1960, na cidade de Montevidéu, rua Francisco Solano Antuña, 2098, e consta de um único exemplar, assinado pelo autor e de propriedade exclusiva de sua mulher, Maria Lúcia Proença de Moraes." Pouco tempo depois, Vinicius foi repatriado pelo Ministério de Relações Exteriores do Brasil por pedido expresso seu. "Preciso de fato voltar ao Rio de Janeiro. Não é um problema material, de dinheiro ou de status profissional, tudo isso é recuperável. É um problema de amor, pois o tempo do amor é que é irrecuperável." Foi a primeira vez na história que o Itamaraty recebeu um pedido nesses termos. O amor de Vinicius por Lúcia Proença não podia esperar.

O livro permaneceu inédito por 15 anos. Vinicius tinha os manuscritos guardados e conseguiu resgatar os quatro poemas esquecidos. Pensou com Renata a diagramação da edição e ela ilustrou cada um dos quatro elementos.

É um livrinho precioso, uma típica edição de autor, publicada pelo selo Dinamene, do baiano Pedro Moacir Maia, diretor do Centro de Estudos Brasileiros em Buenos Aires.

A editora publicava cerca de cinquenta livros, entre os quais dois de Borges escritos em colaboração com outros autores. Tinha por regra fazer edições limitadas, de autor, muito bem-cuidadas, para que o preço final fosse suficientemente caro para ajudar a manter outros projetos culturais de seu dono. Mas esse livro não foi colocado à venda.

O próprio Vinicius organizou uma reunião para lançar *Os quatro elementos* no apartamento que Rodolfo Souza Dantas, seu ex-genro e cônsul do Brasil em Buenos Aires, tinha no bairro de Palermo Chico. Além disso, Souza Dantas colaborou com dinheiro do consulado para a edição, como assegura Renata Schussheim.

Rodolfo Souza Dantas era um diplomata de carreira muito estimado no Itamaraty. Dez anos mais jovem que Vinicius, havia se casado com Susana, a filha mais velha do poeta. Ele e Vinicius tinham sido colegas e, em várias oportunidades, serviram no mesmo destino ou, pelo menos, participaram das mesmas reuniões protocolares e, evidentemente, da noite e de seus encantos. Durante quase uma década, Dantas foi o cônsul brasileiro em Buenos Aires, onde criou Tuca, seu filho com Susana e neto dileto de Vinicius. Mas, além de tudo isso, Rodolfo Souza Dantas era um grande boêmio.

Quando o jornalista Eric Nepomuceno chegou a Buenos Aires, exilando-se voluntariamente da ditadura brasileira, Chico Buarque estava fazendo uma série de shows na cidade. Foi Chico quem falou pela primeira vez de Rodolfo para Nepomuceno. Mas o jovem jornalista pensou: cônsul do Brasil-ditadura. "Não, obrigado", disse. E se surpreendeu de que justamente Chico falasse bem de alguém desse tipo. Não aguentou de curiosidade e, no dia seguinte, perguntou ao amigo o que ele tinha a ver com um diplomata brasileiro em tempos de ditadura. "É boa gente. Foi casado com a filha do Vinicius", adiantou Chico. Nepomuceno pensou: "Bom, não deve ser um gorila, mas quero esse cara o mais longe possível." Não ia se deixar convencer tão facilmente.

Pouco menos de um mês depois da apresentação de Chico, chegou a Buenos Aires o pianista Arthur Moreira Lima para um concerto no Teatro Colón. Nepomuceno era muito amigo dele e fazia tempo que não o via, pois o pianista estivera radicado em Viena. Decidiram aproveitar os poucos dias de Lima na cidade para colocar a conversa em dia. Nepomuceno procurou seu amigo, que estava ensaiando no teatro, e foram comer.

Vamos para um restaurante alemão que o Rodolfo diz que o Vinicius diz que é bom, propôs o pianista, que desembarcara em Buenos Aires fazia menos de 72 horas. Era o Edelweiss. Conta Nepomuceno:

> *Pouco depois, chegou o Souza Dantas. Eu pensei, no meio de toda a tensão social do momento, que ele estava me seguindo. Mas, no fim das contas, Arthur e ele eram do mesmo grupo de Moscou. Embora Rodolfo fosse bem mais velho do que nós, eles tinham se tornado amigos na época em que um havia sido mandado para a União Soviética pelo Itamaraty e outro estudava piano no conservatório moscovita.*
> *Naquele dia, no Edelweiss, soube quem era Rodolfo. Ele acolheu a mim e a minha mulher. Era sumamente generoso e um boêmio esplêndido. Eu vivia perto do Jardim Botânico e ele, em Palermo Chico. Nos domingos de manhã, o telefone tocava e eu já sabia que era ele:*
>
> *Rodolfo: Alô! Está sol aí na sua casa?*
> *Eric: Rodolfo, são dez horas. Estou acordando.*
> *Rodolfo: Dá uma olhadinha na janela. Está sol aí?*
> *Eric: Está.*
> *Rodolfo: Certo, tem feijão aí?*
> *Eric: Não.*
> *Rodolfo: Bom, aqui tem. Então, se quiser vir almoçar, está convidado.*
>
> *Às vezes, quando eu estava com minha mulher na casa dele e vinha gente da embaixada, ele nos fazia sair pela outra porta. Dizia que era para não nos comprometer.*
> *Na minha casa, muitas vezes o telefone tocava no meio da madrugada: "Oi, Eric, sou fulano (e diziam o nome de um militante morto). Estou com saudades,*

mas fico tranquilo porque sei que a gente vai se ver logo." E desligavam. Eu sabia muito bem que as pessoas que ligavam eram da embaixada. Rodolfo me pedia para reproduzir o sotaque de quem tinha ligado para poder identificá--lo. É incrível, mas a gente se divertia com esse jogo de reconhecer aquelas vozes macabras.

Os exemplares de *Os quatro elementos* foram dados, principalmente, aos amigos que foram à festa de lançamento. Alguns ficaram com Vinicius, que os trouxe ao Brasil e dividiu entre outras pessoas.

Também pela editora Dinamene, Marta Rodríguez Santamaría publicou, no começo de 1976, seu livro de poemas. Os editores foram o próprio Vinicius e Ferreira Gullar. Renata Schussheim desenhou o retrato de Marta que ilustra a primeira página.

Como mencionamos antes, a Ediciones de la Flor concluiu a coleção de obras de Vinicius com dois outros títulos: a peça teatral *Orfeo de la Concepción* e a reunião de poemas infantis *El arca de Noé*.

Em Buenos Aires, a primeira (e única) edição de *Orfeo* foi publicada em 1973, traduzida por María Rosa Oliver, desta vez em parceria com Horacio Ferrer, que estreava na tradução. A capa era do artista plástico Oscar Smoje.

Ferrer e Vinicius já se conheciam da época da ópera *María de Buenos Aires* e do tango "Chiquilín de Bachín". A empatia entre eles foi imediata, porque os dois eram poetas-cantores.

Lembra Horacio Ferrer

Na casa de Vinicius no Rio pensamos em muitos projetos que podíamos fazer juntos. Depois, já em Buenos Aires, ele me pediu para fazer a tradução de Orfeu... Eu fiz, é claro. A tradução bruta era da María Rosa Oliver e eu transpus, em um dia, hendecassílabos em português para hendecassílabos em espanhol, respeitando a gíria carioca. Vinicius ficou muito contente pelo respeito com que traduzi a gíria do Rio.

Depois da tradução, a amizade entre os dois estava selada.

O amigo americano

Orfeu da Conceição foi um marco na vida de Vinicius porque evidenciou sua complexidade cultural e, numa perspectiva mais ampla, permitiu que desse uma guinada pessoal e artística.

Em 1942, o escritor marxista Waldo Frank, norte-americano de origem judaica, pediu que Vinicius o acompanhasse numa viagem pelo Brasil profundo. Sem muito entusiasmo, Vinicius se viu obrigado a fazê-lo. E, ainda por cima, teve de viajar com um revólver no bolso interno do paletó, porque grupos pró-fascistas de Buenos Aires haviam contratado um matador para executar Frank.

Porém, antes de entrar na aventura brasileira de Frank, é preciso dizer que ele era um velho amigo da Argentina. Esteve, por exemplo, entre os principais colaboradores da primeira edição da revista *Sur*, em 1931. Mais do que isso, ele teria sido, segundo a própria diretora da revista, Victoria Ocampo, um dos idealizadores da publicação. "Repeti uma infinidade de vezes que a ideia inicial de fundar *Sur* foi de (Eduardo) Mallea e Waldo Frank", afirmou Ocampo em uma ocasião. Além disso, no primeiro número da revista, Ocampo publicou uma carta ao norte-americano reconhecendo que o nascimento da revista se devia a uma ideia dele.

Em seus primeiros tempos em Buenos Aires, Frank teve Eduardo Mallea como uma espécie de intérprete e este, pelo visto, soube traduzir do inglês a iniciativa de fundar a revista, que circulou durante quarenta anos na Argentina. Entre os colaboradores do número inicial, também estava uma grande amiga de Vinicius: María Rosa Oliver.

Na Bahia, aonde chegou pelas mãos de Frank, Vinicius assistiu pela primeira vez na vida a uma roda de capoeira. Também ouviu uma batucada com cuíca e tamborim. E comeu pela primeira vez vatapá, moqueca de peixe, acarajé. Coisas que, anteriormente, achava repugnantes.

Foi também graças a Frank que Vinicius conheceu Recife e João Cabral de Melo Neto, assim como o ritmo sugestivo e sensual do samba nas favelas do Rio de Janeiro.

Alguns anos mais tarde, Vinicius disse que, antes da viagem com Waldo Frank, era um homem de direita e que, ao voltar para o Rio de Janeiro, havia se transformado em um homem de esquerda.

Fora uma viagem de iniciação.

Após a viagem pelo Brasil profundo, Vinicius estava em sua casa de Niterói, em pleno Carnaval, quando leu uma tradução francesa do mito de Orfeu. Imediatamente ganhou clareza uma enigmática frase que Frank lhe dissera em uma favela do Rio: "Parecem gregos antes da cultura grega." Em meio à embriaguez da descoberta, a última peça de um quebra-cabeça, Vinicius escreveu de uma sentada, e em apenas uma noite, o primeiro ato de *Orfeu da Conceição*, enquanto a batucada do Carnaval lhe chegava da ladeira do morro.

Em meados dos anos 1950, levou a obra para o Theatro Municipal do Rio e o sucesso de público foi imediato. Trata-se de um episódio-chave, um divisor de águas na vida de Vinicius.

Sob a regência espiritual de Orfeu, nasceu o casamento musical com Tom Jobim, que injetou uma nova sensibilidade na voz poética de Vinicius, tornando-o cantor e, mais adiante, um verdadeiro mestre do palco.

Em 15 dias de isolamento absoluto, Vinicius e Tom fizeram a música para o espetáculo.

Depois veio o filme que os franceses fizeram sobre *Orfeu da Conceição*, e que tanto desagradou Vinicius.

A partir daquele momento, as vacas sagradas da poesia brasileira foram implacáveis com Vinicius e não perdoaram a alta qualidade e o êxito de suas obras. Muitos disfarçavam a inveja dizendo que Vinicius se desvalorizava ao emprestar sua poesia à música popular. E, com uma condescendência mal dissimulada, começaram a se referir a ele como o Poetinha.

Em conversa com a filha Susana, Vinicius explicou como vivia essa mudança de linguagem:

– *Darling*, me responde uma coisa. Você acha que é melhor poeta em termos literários ou melhor poeta em relação à música?

– Filhinha, acho que não se pode musicar a *Divina comédia* de Dante ou o *Paraíso perdido* de Milton. Porque há algo em todo poeta que transcende o âmbito da música. A canção é um veículo de comunicação imediata. A poesia que faço para a música popular e a que faço para meus livros fazem parte de um todo que sou eu.

– Mas muita gente se opôs à sua mudança, não é mesmo?

– Muita gente conserva a estupidez de separar essas coisas.

– Um que não admitia sua mudança era o João Cabral de Melo Neto. Ele me disse: "O Vinicius está se desperdiçando".

– Mas o João Cabral era um neurastênico! Quero dizer que ele é um grande poeta que faz um enorme trabalho, que é realmente um trabalho mineral, que não tem nada a ver com a música.

As raízes para o novo já estavam lançadas, e a atmosfera contemplativa e introspectiva de sua poesia pouco a pouco foi vencida por uma nova forma de dizer e representar o Brasil. Um país que, perante seus olhos e os de várias gerações, mostrava-se novo, moderno e pujante.

Começava a Era JK e dos pântanos surgia uma bela miragem: Brasília.

Orfeu, Punta del Este e *La Opinión*

Em fevereiro de 1975, o jornalista argentino Enrique Raab viajou para Punta del Este especialmente para entrevistar Vinicius. Não foi fácil descobrir onde morava: depois de investigações detetivescas, conseguiu encontrá-lo em um bangalô do hotel San Rafael, onde todas as noites, à 1h30 da madrugada, o poeta fazia seu show.

Um clã de jovens o acompanhava no refúgio diurno: Toquinho, Edu Lobo, Joyce, Tenório Jr. e outros que iam e voltavam ao longo da temporada. No bangalô, sentados em círculo no chão, eles ensaiavam para o espetáculo da noite, compunham músicas e escondiam a garrafa de Long John até Vinicius voltar a encontrá-la.

Passaram quase todo o verão nessa espécie de abrigo do sol mundano. "Sou um homem essencialmente lunar", disse Vinicius na entrevista ao enviado especial do *La Opinión*. E não havia em suas declarações nada de impostado ou publicitário. O que se via era a necessidade de se sentir rodeado de amigos, enquanto o sol batia forte do lado de fora e, lá dentro, o uísque era outro companheiro seguro e confiável.

Logo de cara, Raab pôs as cartas sobre a mesa: "Quero falar com o Vinicius escritor e poeta, com o representante da inteligência brasileira."

Vinicius gostava de bater papo com certos setores da imprensa argentina. Nessas ocasiões, pouco a pouco ia relaxando e revelando ao interlocutor uma mescla encantadora de intelectual e *enfant terrible*.

Essa longa entrevista é um exemplo dos conceitos práticos e teóricos de um vasto segmento de intelectuais portenhos na metade da década de 1970. É uma amostra também de como, definitivamente, a sociedade havia se polarizado. Em um momento da conversa, Raab chamou Vinicius de "colonizado cultural". O Poetinha não considerou um insulto: num tom conciliador, reconheceu a complexidade de sua bagagem. Curiosamente, ao longo de toda a entrevista, Vinicius usa categorias marxistas em suas análises, talvez incentivado pelo jornalista do *La Opinión*:

– Agora mesmo você reclamava que as pessoas jovens não querem mais ler – diz Raab.

– Eu também não leio, mas posso dizer que já li bastante na minha vida. Agora me interessam mais as pessoas, os pescadores, os pobres da Bahia, com quem aprendi muito. E digo mais: aprendi mais coisas com os animais do que com os intelectuais. Na minha casa da Bahia tenho quase um zoológico: muitos cachorros, cabras, macacos. Claro que tenho espaço para eles. Mas os intelectuais me entediam – responde Vinicius.

– Quero lhe fazer uma objeção amistosa. Creio que muitas vezes alguns intelectuais, à medida que ficam mais velhos, adotam uma postura meio depreciativa em relação ao intelecto. Começam a dizer que a salvação está no povo, nas pessoas simples e em todo o resto.

Não digo que isso não possa ser verdade, mas muitas vezes me soa a demagogia, a desespero.

– Você tem razão. Mas toda ideia tem que ganhar vida na experiência, e essa você encontra nas pessoas simples. Além do mais, nem sempre é confortável ser amigo de um intelectual. Por isso, toda minha vida pode ser resumida nessa busca por achar um processo de simplificação. A cabeça humana, sabe, é ao mesmo tempo uma coisa tão linda e tão podre. Por exemplo, eu não gosto do Carnaval. Você lembra aquela música que diz que tudo termina na Quarta-Feira de Cinzas? Eu não gosto da alegria fabricada, prevista, organizada. Eu gosto da alegria espontânea que não se rege pelo calendário para terminar, e eu gosto, sobretudo, da solidão.

– Mas eu o vejo sempre rodeado de gente.

– É verdade, mas, ainda que esteja rodeado de gente, estou sozinho da mesma forma.

A cultura popular era um dos temas preferidos de Vinicius. Quando finalmente conseguiu terminar de escrever *Orfeu da Conceição*, tinha encontrado uma harmonia entre sua formação clássica e a tradição popular brasileira. E, como já disse, a partir daquele momento a vida e a obra de Vinicius foram diferentes de tudo o que veio antes.

Ao escrever o musical, Vinicius pareceu encontrar um *alter ego* em Orfeu: o personagem que, com sua música, encanta igualmente homens e mulheres em busca da harmonia. Não por acaso, a versão definitiva da obra coincidiu com os 40 anos do autor: com *Orfeu*, Vinicius cortou o baralho e embaralhou as cartas novamente, dando início à segunda metade de sua vida.

Sobre a obra, Vinicius disse o seguinte na entrevista para o *La Opinión*:

– O campesinato, o proletariado, o lumpenproletariado, as pessoas das favelas, dos morros, a mão de obra não tinham acesso à cultura. Eram aculturados. Mas tinham, sim, esse talento incrível para a música. Tanto é assim que meu Orfeu negro, na verdade *Orfeu da Conceição*, que é o título original, nasceu assim. Eu estava lendo na minha casa de Niterói sobre o mito de Orfeu em, você vai rir, um velho livro francês de mitologia. De repente escutei uma batucada no morro do lado. Foi como o ovo de Colombo. Sabe, o mito de Orfeu me interessa muito: é a imagem de um líder integral, humano, não somente político. Um homem cheio de vida que fornica com todas as mulheres, que exerce atração sobre todos, homens e mulheres. Nessa noite escrevi todo o primeiro ato em uma tacada. Depois levei quase dez anos para terminar a obra. Porque eu não queria colocar meu personagem em um inferno convencional. E repito: quando eu era cônsul em Los Angeles, me ocorreu resolver a imagem do inferno usando o Carnaval carioca.

– Vinicius, acho que utilizar um mito grego para interpretar a realidade brasileira ainda significa render tributo a um estilo "estrangeirizante", ou melhor, colonizado da cultura – completa Raab.

A resposta de Vinicius evidenciou a complexidade cultural que o acompanhou na segunda metade da vida, quando conseguiu conciliar a sua obra a cultura clássica que lhe foi legada com a recuperação do samba e do candomblé:

– Sem dúvida, mas eu sou assim. Sinto a arte assim. Os escritores mais jovens já não têm nem isso. Se interessam apenas pelas histórias em quadrinhos. Eu tentei superar o modelo de escritor que edita livros de 5 mil exemplares e a música para mim foi um veículo maravilhoso. O que determinou essa mudança foi meu encontro com Antônio Carlos Jobim. A canção brasileira estava em um impasse muito perigoso, por causa, sobretudo, da influência mexicana e dos boleros. Sempre a mesma temática: amores infelizes, uma temática muito negativa. E meu encontro com Jobim foi muito importante, creio que para ele também. Rompemos com isso. Chegamos a uma música que não era mais a dos morros, já que tinha bases musicais mais cultas, mais eruditas, se você quiser, mas sempre afirmando os sentimentos humanos. E foi por isso que alcançamos uma audiência tão expressiva.

– Voltando, Vinicius, a nosso tema básico, você poderia nos dizer para que serve a cultura?

– Creio que serve para que a pessoa depois se esqueça um pouco dela. Antes, todo meu interesse se centrava na cultura. Hoje me interessam mais as pessoas.

Alguns dias depois, Vinicius conheceu no restaurante El Mejillón, em Punta del Este, Marta Rodríguez Santamaría, uma jovem argentina que estudava direito, trabalhava no Ministério da Fazenda e escrevia poemas. Para Marta, Vinicius seria um mestre, um guia espiritual, um estímulo permanente, a abertura para o vasto mundo, o passaporte para a vida. Ela seria sua oitava mulher.

Aquarela do Brasil

Hay épocas en que uno siente que se ha caído a pedazos
y a la vez se ve a sí mismo en mitad de la ruta
estudiando las piezas sueltas, preguntándose si será capaz
de montarlas otra vez y qué especie de artefacto será.
T.S. Eliot[6]

Escapando do asfixiante clima político que predominava não apenas no Rio de Janeiro, mas em todas as grandes cidades nos anos de chumbo do marechal Médici, Vinicius e Gesse Gessy se mudaram para a Bahia.

"A violência se instala em todos os lugares, corrói as consciências." Esta frase foi dita em 1970 por Dom Hélder Câmara, bispo de Olinda e Recife, em uma de suas muitas tentativas de atacar o que chamava de "violência institucionalizada". Dois exemplos ajudam a entender o que bispo falava. No começo daquele mesmo ano, o marechal Henrique Teixeira Lott (que havia sido candidato à presidência da República) quis visitar seu neto, que estava detido. Quando tentou entrar no quartel, um soldado barrou sua passagem. O marechal gritou seu nome, o soldado pediu uma ordem escrita que autorizasse a visita. No dia seguinte, Lott retornou com a ordem solicitada e, dessa vez,

[6] Obras completas de T.S. Eliot, editora El Ateneo, Buenos Aires, 1951.

vestindo seu uniforme. Então exigiu com firmeza ver o neto. Após um tenso diálogo, a autoridade responsável pelo regimento trouxe o jovem, que se encontrava em um deplorável estado de saúde devido às ferozes sessões de tortura a que fora submetido. O marechal, que bem antes havia sido um soldado do Exército, sacou sua arma e, num ato de justiça com as próprias mãos, deu um tiro no militar. O outro exemplo: um grupo guerrilheiro (a VPR) exigia do governo a liberdade de setenta presos em troca do embaixador suíço, Giovanni Bucher. O governo de Medici ofereceu 51, e a guerrilha pediu mais 13. O sequestro de Bucher pegou todo mundo de surpresa: era embaixador de um país neutro, solteiro e com ares de playboy. Enquanto isso, os oficiais mais jovens estavam cada vez mais nervosos e começavam a se convencer de que, um dia, seria preciso não ceder mais a chantagens, mesmo que fosse à custa da vida de algum refém. "Era como se os dois lados", escreveu o *Primera Plana* "estivessem presos na mesma rede, no mesmo círculo de giz. Já não se discute o método; este, ou seja, a violência, tirou documento de cidadania no Brasil. Então se discute o preço."

Explica Eric Nepomuceno:

> *A grande diferença entre a ditadura brasileira e a argentina é que no Brasil os militares eram cirurgiões e na Argentina eram açougueiros.*
> *Nós dizemos que os argentinos são caretas e isso tem a ver, por exemplo, com o fato de que, durante a ditadura brasileira, um jovem não seria preso e até mesmo assassinado por vestir calça jeans surrada, camisa folgada, ter barba, cabelo grande e usar óculos. Na Argentina, vestir-se assim podia custar a vida. Antes de nos exilarmos em Madri, eu vivia em Buenos Aires e usava óculos e barba. Posso garantir que não era nada fácil andar pelas ruas portenhas com esse aspecto.*
> *A ditadura brasileira foi cruenta e dura, mas ao mesmo tempo muito mais seletiva que a da Argentina.*
> *Além do mais, no Brasil, não havia antes do golpe organizações armadas como na Argentina. Mas, mesmo que tivesse havido, a ditadura no Brasil não seria o banho de sangue que foi na Argentina.*

Em seus círculos íntimos, Vinicius costumava dizer que, pelo jeito de ser dos brasileiros, uma ditadura no Brasil não podia dar certo.

Em pleno apogeu da figura hierática do marechal Médici, Vinicius dava shows em universidades e vestia roupas desalinhadas ao estilo hippie. Salvo alguma suspensão momentânea que a censura podia aplicar-lhe, seus espetáculos corriam normalmente.

A fase baiana de Vinicius foi repleta de delírio, desbunde, amor livre e hábitos do movimento hippie. Esse comportamento coincidiu com um momento muito crítico de sua vida, em que tudo que o cercava anteriormente parecia estar desmoronando. Quase simultaneamente, Vinicius abraçou o candomblé, o movimento hippie, os circuitos universitários e a mudança para a Bahia, sua última tábua de salvação.

Na casa de Itapuã, ao voltar da Argentina, Vinicius se casou com Gesse Gessy em uma cerimônia de candomblé que irritou muitíssimo o padrinho do casamento, Jorge Amado.

O que o escritor não viu foi que Vinicius precisava acreditar em alguma coisa. Naquele dia ele comemorou também o seu 57º aniversário.

Uma semana antes, no sábado 17 de outubro de 1970, acompanhado por Toquinho e Marília Medalha, Vinicius fez seu último show no La Fusa de Buenos Aires.

As neves do tempo

Em setembro de 1972, Vinicius reapareceu na Argentina com um novo show. Foram três apresentações em Buenos Aires, duas no cineteatro Metro, outra no Ópera, e uma em Mar del Plata (no teatro Ópera da cidade). Desde que estreou em Buenos Aires, com dois shows no Ópera em uma mesma noite de agosto de 1968, o poeta ainda não havia retornado a uma grande sala de espetáculos. O público aguardava com ansiedade este reencontro.

Nos jornais, os anúncios publicitários davam uma informação impensável para as apresentações anteriores: "Desconto para estudantes, aposentados, sindicatos e jovens de até 20 anos." Os tempos estavam mudando e já não era possível fazer shows em redutos exclusivos como o La Fusa.

Mas o entusiasmo durou pouco. Depois da estreia de 2 de setembro, os jornais disseram que o espetáculo parecia uma homenagem à bossa nova.

O diário *La Opinión* publicou uma matéria antes e outra depois do show. A comparação entre os dois textos ilustra bem a decepção. Em 1° de setembro, a reportagem teve como título: "Acompanhado por Toquinho e Marília Medalha, volta Vinicius de Moraes, valioso renovador da canção brasileira." Já no dia 3, depois de assistir à estreia, o jornal publicou: "Um show desafinado no Metro. Vinicius exibiu mais uma vez sua informalidade fingida e rotineira."

Para carregar ainda mais as tintas, o autor da matéria, Jorge H. Andrés, ressaltou: "Nunca como no sábado no Metro, a rotina de Vinicius pareceu tão dolorosamente deteriorada. Se ele mesmo não tivesse esclarecido que acabava de realizar uma temporada por quarenta universidades do estado de São Paulo, seria muito fácil supor que há muito tempo viaja executando um show em memória da bossa nova sem visitar seu país. Somente o extraordinário Toquinho sustenta o nível criativo desta recapitulação da ultrapassada escola da bossa nova que, basta diluir sua fina capa de simpatia, revela um equívocado caráter de desculpa para evitar o presente que torna tristemente grotescas as bênçãos que Vinicius distribui no 'Samba da benção' com que encerra o show." A dureza da crítica parece prolongar a violência política que havia chegado para ficar na Argentina.

Em 22 de agosto, faltando apenas dez dias para o show no Metro, o fuzilamento de 17 jovens militantes de organizações armadas em uma base da Aeronáutica em Trelew, província argentina de Chubut, tinha elevado consideravelmente a tensão social. A semente para uma potencial guerra civil havia sido lançada. É nesse contexto que deve ser lida a matéria do *La Opinión*.

O frescor de antes tinha ficado para trás. A bossa nova envelhecia mal e tudo agora assemelhava-se à exibição de uma espontaneidade padronizada e gasta. Ou, no melhor dos casos, de uma peça de conservatório.

E, de fato, Vinicius estava muito cansado. Tanto fisicamente, pela rigorosa e infindável agenda de turnês de um lado para o outro do Brasil, quanto sentimentalmente, por não ter encontrado em Gesse o que tanto precisava desde que Nelita o deixara. Também não encontrava tempo para escrever e compor. A impressão que transmitia era a de ter sido abandonado pela saúde: as internações na Clínica São Vicente, no Rio, começaram a ficar frequentes.

Apesar disso, em sua vida prática, Vinicius continuava acreditando que o amor era revolucionário e que a harmonia e a beleza eram as formas mais elevadas do humano. Nisso baseava-se sua ética.

Afirma Ricardo Lacuan, um dos últimos violonistas que acompanharam o poeta brasileiro:

> *A bossa nova foi mais do que a música. Vinicius significa música, arte e poesia, mas também uma filosofia de vida em que entram liberdade, busca e uma dose muito importante de amor à mulher, ao feminino.*

Nos violentos e malfadados anos 1970, não era qualquer um que podia se permitir aderir a esses princípios. Por isso, quando foi preciso blindar a sensibilidade para poder sobreviver, escutar o LP gravado em Buenos Aires com Maria Creuza trazia à tona outra realidade, bem diferente da devastação e o horror que haviam tomado conta da Argentina e do Uruguai.

No sul do Cone Sul, Vinicius foi o maior protagonista de um movimento que defendia a necessidade que toda pessoa tem de respirar, de algo mais otimista, de afirmar que a vida existe e é boa apesar das angústias e dos sofrimentos.

Buenos Aires teve que esperar quase três anos para voltar a escutá-lo ao vivo, mas seus poemas e crônicas continuavam a ser reeditados.

Amiga portenha

Buenos Aires, março de 1975, 20h30, em um bar da rua Arenales, 1700. Vinicius de Moraes e Renata Schussheim haviam marcado de se encontrar para o gim-tônica de todas as tardes.

– Renata, quer saber de uma coisa? Conheci uma moça uns dias atrás.

– E aí, Vinicius?

– Tem 23 anos, escreve poemas. Chama-se Martinha. Muito nova para mim! Ou não?

– ...

– Não sei... Ela é... como uma maçã.

– Então come ela!

Naquela noite de março, o ar estava carregado de umidade, calor, o cheiro ácido que a cerveja deixa em certos bares, amor livre e violência.

Desde o último show de Vinicius em Buenos Aires, em setembro de 1972, muita coisa tinha acontecido na Argentina. O tempo parecia correr mais rápido do que nunca e, às vezes, tinha-se a sensação de que uma guerra civil poderia estourar no dia seguinte. Era muito difícil ficar tranquilo. Os jornais pareciam um espelho da mais triste versão possível da Argentina: por isso, ao amanhecer, muitos jovens queriam acordar em outro país. E o pior era que tudo isso não era nem um pálido reflexo do que essa mesma sociedade foi capaz de produzir um ano depois.

Conta Marta Rodríguez Santamaría:

Eu era muito jovem e rebelde, e queria sair daqui, não suportava mais meus pais. E se estava gerando tanta violência com as Três A (Aliança Anticomunista Argentina, um grupo parapolicial fundado e capitaneado por José López Rega, ex-cabo da Polícia Federal que havia se tornado ministro do Bem-Estar Social) que logo viria o golpe! Eu percebia tudo isso. Estudava direito e, em 1971, quando estava em uma aula de Direito Penal I, entrou a guarda de infantaria na sala e o professor se postou diante de nós dizendo: "São meus alunos, são meus alunos." Era muito comum que alguém entrasse na faculdade gritando: "Todo mundo no chão, tem gente armada!" Essa percepção da violência e do descontrole estava no ar.

Como costuma ocorrer com muitos jovens, a rebeldia de Marta se traduzia em rejeição e cansaço de tudo que tivesse a ver com patriotismo. E, seguindo a clássica mentalidade juvenil, tudo que tivesse a ver com os pais e, por extensão, com os adultos.

Aquelas seriam suas primeiras férias de gente grande: sozinha com uma amiga, sem os pais. Ficaria uma semana em Punta del Este e deixaria uma outra semana reservada para depois. Até porque, com o dinheiro que tinha, não conseguiria passar 15 dias de uma vez em Punta.

Na noite anterior à viagem, quando terminava de arrumar sua mala, Marta disse para a mãe: "Se eu conhecer o Vinicius e o Toquinho, vou com eles para o Brasil."

Ela conta sobre o início dessa paixão, da necessidade de cercar-se de respeito, harmonia e beleza, que veio de muito longe, desde a infância:

Eu gostava do Vinicius por três momentos marcantes que vivi ao ter contato com a arte dele e de que me lembro muito bem. O primeiro foi aos 8 anos, quando estava com minha prima e escutei uma música no rádio. Perguntei a ela que música era. "Garota de Ipanema", respondeu. Para mim foi um marco eu ter prestado atenção, tão nova, naquela música. E isso ocorreu com muitos argentinos. O segundo marco foi na casa de um tio em Clapypole. Esse tio gostava muito de música, assim como meu primo, que era vários anos mais velho que eu. Ele ficou conversando com meus pais e disse: "Vi um filme in-crí-vel! O título é Orfeu negro.*" Isso ficou gravado em mim porque meu primo havia feito uma introdução muito enfática do filme. Isso também indica como o argentino sentiu o brasileiro como um contraponto da melancolia daqui. E a terceira experiência aconteceu um ano antes de eu conhecer o Vinicius. Eu estava na casa de um colega de faculdade e ele colocou o LP com a Maria Creuza. Quando ouvi "Se todos fossem iguais a você", alguma coisa aconteceu comigo. Perguntei a meu amigo de quem era a música. Fiquei fascinada com o conceito de respeito ao outro, do reconhecimento do outro que existe nessa música.*

Esta canção, uma das primeiras da dupla Vinicius-Jobim, diz, entre outras coisas: "Vai tua vida/ teu caminho é de paz e amor/ vai tua vida/ é uma linda canção de amor/ abre os teus braços e canta a última esperança/ a esperança divina de amar em paz/ Se todos fossem iguais a você/ que maravilha viver." Escutá-la é como entrar na própria veia do humanismo.

Jamais se soube (e isso nem tem muita importância) se Vinicius tinha lido aquele clássico do pensamento humanista do século XX escrito por Martín Buber, *Eu e tu*. O que se sabe é que o vienense e o carioca trilharam caminhos que muitas vezes se cruzam. Um exemplo é a noção do outro como um espelho de mim mesmo, só restando, portanto, o caminho do encontro.

Quando, aos 23 anos, Marta Rodríguez Santamaría teve a ousadia de falar para a mãe que, se conhecesse Vinicius, iria com ele ao Brasil, também estava afirmando que tudo aquilo que a canção dizia era o que ela tanto precisava para continuar vivendo.

Tom costumava contar que, quando Vinicius começou a escrever letras de música em maior quantidade, dizia com frequência: "Já estou usando o sim no lugar do não." Com isso, também começou a usar a cabeça de um jeito diferente.

A necessidade de conhecer outras geografias e pessoas ocultava a busca por novas formas de vida. Era disso, enfim, que se tratava a bossa nova. Os modelos pré-existentes haviam demonstrado sua inutilidade. Tudo o que estava por fazer era do presente em direção ao futuro. Os materiais para essa nova construção deveriam ser novos para que a obra final também o fosse.

O curioso, em todo caso, é que esse conceito, inicialmente pensado para a música popular brasileira, não tardou em se constituir em um programa ético, um modo de se posicionar em relação à própria existência e em relação ao mundo.

Marta foi para Punta del Este com a ideia de conhecer Vinicius. Sabia que ele fazia um show no hotel San Rafael. Durante todo o ano, havia economizado e, inclusive, pedido alguns pesos emprestados. Convenceu uma amiga a acompanhá-la e as duas partiram. Viajaram de avião, que era a forma mais cara de chegar, mas tinha de ser desse jeito. Marta estava vivendo um conto de fadas.

Seu irmão Carlinga (hoje o ator Carlos Santamaría) já estava no balneário, na casa de um amigo, e conseguiu para elas um quarto num hotel de estilo árabe. O mais importante é que era muito barato. Apesar disso, três dias depois, estavam com pouquíssimo dinheiro. Para economizar, comiam apenas uma vez ao dia. "O bom de tudo foi que eu emagreci um pouco", lembra Marta.

Uma tarde, caminhando pela praia, viram Rubinho, o baterista do show, e começaram a conversar com ele. Ficaram sabendo então que, todas as noites depois do espetáculo, por volta das duas da manhã, Vinicius ia comer no El Mejillón, que jamais fechava as portas.

A companheira de Marta ficou menos de uma semana em Punta porque precisava retornar ao trabalho. Sozinha, Marta não podia pagar o hotel. Faltavam dois dias para sua volta, não tinha um peso no bolso e Vinicius não aparecia. Na viagem, havia conhecido Laura, outra estudante de direito, que estava hospedada no apartamento da avó, no centro de Punta, na altura do edifício Santos Dumont. Marta, claro, foi para lá. Na mesma noite, as duas passaram no cassino do San Rafael e tiveram sorte na roleta. A primeira coisa que fizeram foi comprar cigarros e comer. Quando deu uma da manhã, Marta disse "Quero ir ao Mejillón para ver se Vinicius está lá. Você me banca?"

Chegaram à 1h30 e ficaram até as 3h, mas Vinicius não apareceu. Foram dormir. Marta estava nervosa, desanimada, triste e preocupada, porque tinha apenas mais um dia para conseguir ver o brasileiro.

Na noite seguinte, fizeram a mesma coisa e, enfim, conheceram Vinicius de Moraes.

Punta del Este, madrugada de 25 de fevereiro de 1975. Restaurante El Mejillón:

– Oi, tudo bem? Podemos conversar um pouco?

– Claro. Venham aqui, sentem-se.

As moças se apresentaram e, a partir de certo momento, a conversa começou a se dar apenas entre Vinicius e Marta. Laura estava como acompanhante da amiga. Ou como testemunha, caso Marta no dia seguinte achasse que tudo havia sido apenas um sonho. Porque aquela frase meio doida que tinha soltado para a mãe quando terminava de fazer sua mala se tornara, em parte, realidade. Medo ela não tinha. Era muito jovem para isso. Tudo estava para ser descoberto: havia tanta coisa para conhecer, e vontade não faltava. A estratégia e a meditação estavam fora de seu alcance, e ela ainda era praticamente uma adolescente assustada.

A alguns metros, Silvina Muñiz e Coco Pérez comiam. Quis o destino que o casal, que estava passando uns dias em Punta, presenciasse o começo dessa história.

– Você já viu o show? – perguntou Vinicius.

– Não... Ainda não – respondeu Marta, pensando que, com o que tinha, não conseguiria comprar nem um quarto do ingresso.

– Até quando você fica?

– Até amanhã. Tenho passagem para o avião das cinco da tarde.

– Mas você não pode ir embora ainda. Tem que ver o show! Amanhã é a última noite.

Marta pigarreou. De repente se deu conta de que Laura continuava lá. Lançou-lhe um olhar quase por reflexo, mas a amiga não podia ajudá-la. Caberia a ela, e a mais ninguém, resolver a questão.

– Fica, querida!

Com esse pedido, começou o delírio de Marta. A vida para ela não seria mais a mesma:

Aí ele começou a exercer seu encanto. Eu tinha passagem de avião para o dia seguinte e fiquei com Laura no apartamento de sua avó. Não avisei a minha família que não voltaria: meu irmão foi me buscar no Aeroparque e eu não apareci. Aí comecei a história de esconder tudo isso dos meus pais. Fui ao San Rafael assistir ao show e achei impressionante. Eu era uma proletária e não tinha um peso sequer. Depois, Vinicius me convidou para o show de Piriápolis e o de Montevidéu. Durante todo esse tempo, Laura estava grudada em mim como um selo. Em Montevidéu, liguei para minha casa e avisei que chegaria a Buenos Aires no dia seguinte.

Voltar não seria fácil. Mas, quaisquer que fossem as consequências, pensou Marta, ninguém tiraria dela a alegria que estava sentindo. Eram dias para a aventura, não para a premeditação. Vinicius ficou em Montevidéu para cumprir vários compromissos e se encontrar com velhos amigos uruguaios. Diz a lenda que, nesse intervalo, escreveu sua única música em espanhol.

Ancorado em Montevidéu e sem Marta, Vinicius chamou Mutinho, seu baterista, e disse: Traz o violão que a gente vai fazer uma música. E saiu o tango "Amigo porteño". Porque, apaixonado por uma portenha como estava, é claro que escreveu um tango em idioma argentino. A letra diz:

Amigo porteño, si ves por la calle
Una chica morena
Con ojos ardientes
Y un aire de alguien
Que quiere volar

Parala y decile
Que existe un poeta
Que muere de celos
Y que ojos ajenos
Se Ilenan de sueños
Al verla pasar
Decile mi amigo
Tu que solo llevas
El tango en Ias venas
Decile porteño
Que yo simplemente
Ya no puedo mas

Buscá convencerla
Que tengo mi pecho de amor tan herido
Que sin su mirada
Mi siento perdido
Que mucho le pido
Me vuelve a mirar
Gritale en la calle
Que existe un poeta
Que le hace un pedido
Que sólo le pido
Que olvides el olvido
Porque quien lo busca
No puede olvidar

Estranhamente, não ficou um único registro de Vinicius cantando esse tango, que ele também quis ceder para Chico Navarro interpretá-lo.

Mas, apesar disso, a música conseguiu sobreviver. Em meados dos anos 1980, "Amigo porteño" voltou a Buenos Aires nos shows de Ornella Vanoni, que dividira o palco várias vezes com Vinicius na Itália. Durante a Copa de 1978, Ornella, aliás, criticou publicamente a violência da ditadura argentina. Em declarações feitas na Europa, a cantora disse que os jovens argentinos eram caçados por forças de segurança quando circulavam pelas ruas. E que não era possível andar pelas calçadas de Buenos Aires, porque debaixo de suas pedras assomavam os desaparecidos.

Começou então outro capítulo da história de Vinicius com Marta: fazer malabarismos para ela receber suas ligações sem que seus pais ficassem sabendo. De maneira geral, Vinicius ligava às seis da tarde para a casa de uma colega da faculdade. Naqueles dias, Marta não se perguntava sobre os rumos que a relação teria nem o que fariam para ficar juntos. Agia como que levada por uma força irracional que lhe dizia: "Você tem que sair daqui, sua vida precisa mudar." Jamais havia fantasiado em ser a mulher de Vinicius de Moraes. Naquele momento, eram pouco mais que conhecidos que se davam bem.

Vinicius chegou a Buenos Aires alguns dias antes da estreia no teatro El Nacional, no dia 13 de março. Dessa vez ficou no hotel República, em frente ao Obelisco. Para Marta, essa foi a primeira de uma série de temporadas de correria: manter tudo "normal" em casa, ir trabalhar no Ministério da Fazenda e ver Vinicius no hotel e no teatro. A adrenalina estava a todo vapor.

Aqueles dias desvairados, no fim do verão de 1975, eram assim para Marta:

> *A faculdade não tinha começado e eu corria para vê-lo quando saía para almoçar ou depois de trabalhar. Uma tarde cheguei ao hotel no meu horário de almoço e estava Emilio Ariño fazendo uma entrevista com Vinicius. Era o dia da estreia. Antes de eu ir embora, Vinicius me disse: "Pode colocar as cores de Iansã." Ele explicou que era uma deusa do candomblé que usava vermelho e branco. Obediente, fui depois do trabalho à Galeria del Este e comprei uma longa saia de seda vermelha. Para a estreia vesti essa saia com uma blusa branca que eu tinha. Fui vê-lo no El Nacional todas as noites. Ficávamos no camarim assim... como amigos. E numa noite, depois do show, a Libertad Leblanc e (seu ex-marido, o empresário Leonardo) Barujel foram cumprimentá-lo.*

Já naqueles dias, o Vinicius começou a ter certa ingerência na minha vida. Claro, eu era muito jovem. Chegou até a mudar meu nome. Bom, não é que tenha mudado: ele me chamava de Martinha, que tinha mais a ver comigo do que Marta. Eu deixei de ser Marta e comecei a ser Martinha. Eu não tive a fantasia de ser sua mulher. Tudo foi irracional, não houve premeditação, não foi calculado: não pensei em absolutamente nada.

Dezesseis de março de 1975, camarim do teatro El Nacional. Martinha e Vinicius estavam a sós. Ele remexia nuns papéis, ela estava sentada em um banco de madeira junto à porta.

Vinicius, vestido com uma camisa listrada vermelha e branca, um colar de contas brancas pendurado no peito, levanta a vista dos papéis e olha para Marta:

– Você se deu conta de que hoje é o último show?

Martinha, vestida com as cores de Iansã, como na noite da estreia, responde:

– Sim. Que pena. Estava começando a gostar desse negócio de andar correndo, mas logo você vai.

– Ai, Martinha, eu vou sentir muita saudade, temos que nos ver de novo!

Marta pareceu ouvir um sotaque diferente na voz de Vinicius: talvez mais carioca, ou não tão argentino como costumava lhe parecer. E, a partir de então, não entendeu mais nada; ficou apenas olhando para ele. Estava um pouco aturdida pelas palavras, mas também pelo sotaque daquele homem à sua frente. Um homem que, além do mais, era estrangeiro. Não era argentino. Nascera em outro país. Falava com ela em portenho, mas podia fazê-lo em outra língua. Marta ainda não sabia, mas essa foi uma das coisas que a atraíram especialmente nele. Por isso, em sua memória, ficou essa partícula estranha na voz de Vinicius, do homem, que lhe falava no camarim do El Nacional.

Vinicius precisou dizer aquilo antes subir ao palco. Antes de enfrentar a despedida do público e se perguntou quando voltaria a pisar num palco de Buenos Aires.

Por um minuto, o ar do camarim se tornou palpável, tinha a densidade de um lençol fresco que cai sobre uma pele queimada de sol. Marta não conseguia fazer outra coisa a não ser continuar sentada no banco de madeira junto à porta.

Vinicius virou-se, caminhou até a porta, abriu-a. Saiu para o corredor que conduzia ao palco. Em sua mão esquerda havia papéis, na direita um copo de uísque.

Avançava e tinha a sensação de que tudo se abria à sua passagem. Através dos óculos, olhava um horizonte imaginário. Sorria.

Havia cumprido seu dever. Ser homem antes de qualquer coisa. A violência já não estava no ar.

Yo adivino el parpadeo...

Essa volta de Vinicius a Buenos Aires, após três anos sem se apresentar na Argentina, pareceu em muito com o retorno de um velho amigo.

"Buenos Aires é uma cidade que engana", disse o poeta para o jornal *Última Hora*. "É alegre sem parecer, mas é fundamentalmente melancólica, como se tivesse saudade da angústia da Corrientes e dos cafés. Creio que lhe falta tomar consciência de tudo o que é, de que esse magnífico rio que a abraça é seu e é fiel. É como uma mulher vestida de festa que deseja ficar nua. Mas principalmente sinto Buenos Aires como um enorme viveiro onde se criam amizades."

Na cidade, Vinicius era aguardado por Renata Schussheim, Helena Goñi, Daniel Divinsky, María Rosa Oliver e Marta, a moça que conhecera dias antes em Punta del Este. Era o balão de oxigênio de que ele tanto precisava para poder voltar à dura realidade social e doméstica que o esperava no Brasil.

Porém, algumas críticas que já haviam aparecido em sua apresentação anterior, em 1972, ressurgiram e até se intensificaram.

Colunista do *La Opinión*, Jorge H. Andrés foi o primeiro jornalista da Argentina especializado em música popular. Após o show do El Nacional, tornou a dizer o que já afirmara na turnê de 1972, com Toquinho e Marília Medalha: que o show de Vinicius estava engessado, que se repetia e não conseguia ser nem mesmo a sombra do que fora sua estreia portenha na grande sala do Ópera em 1968. As comparações, ainda mais no caso do El Nacional, são para lá de odiosas. O teatro não tinha nada a ver com o Ópera, e era tão discrepante do estilo de Vinicius que o crítico do *La Opinión* observou:

> *É difícil dentro do teatro esquecer-se de sua decoração aberrante, ainda mais com o diagrama de luzes inventado para Vinicius, que algumas vezes transforma o lugar numa quermesse e outras inunda o palco de penumbras avermelhadas das quais parece que poderia surgir Raphael. Sem contar que o equipamento de som só está apto para reproduzir com cavernoso estrondo os playbacks das vedetes que habitualmente atuam lá.*

Mas o pior de tudo, segundo Andrés, era a parte de Vinicius, que mais parecia uma homenagem à bossa nova, com um ritual já bem conhecido: as histórias com os diferentes parceiros, as louvações à bebida, a mesinha com o uísque e os cigarros e os "saravás" finais. Na visão do crítico, a cantora Joyce também não acrescentou nada de novo. Mas, para Andrés, tudo mudou na segunda metade do show, com a entrada de Edu Lobo. Nas palavras do jornalista, Edu, "a maior parte do tempo sem Vinicius, inseriu a apresentação em uma onda de intensa criatividade". Todas as músicas que cantou eram próprias e suficientes para colocá-lo à frente do palco do El Nacional. Além disso, com Edu subiu ao palco Tenório Jr., "um magnífico pianista", segundo o *La Opinión*, que, junto com a bateria e a percussão de Maurizio e Rubinho, conseguiu fazer com que outras coisas começassem a acontecer, e uma energia renovada, viva, foi e voltou entre eles e o público.

Depois da alquimia de Lobo e Tenório, Vinicius retomou a batuta e encerrou o show fazendo "Canto de Ossanha", "Garota de Ipanema" e "Se todos fossem iguais a você". Músicas cantadas com a velha e gasta receita. O público gostou, mas não havia mais a euforia do Ópera e do La Fusa. Os que seguiam fielmente as temporadas de Vinicius em Buenos Aires começaram a notar que ele não era mais o mesmo. Aos 61 anos, e com muitos problemas de saúde devido à vida boêmia que levava, mais o estresse das turnês europeias e dos circuitos universitários no Brasil, obviamente não dava para apresentar o mesmo rendimento que teve ao estrear em Buenos Aires em agosto de 1968, com Dorival Caymmi e Baden Powell, quando ainda pertencia ao Serviço de Relações Exteriores brasileiro. Muita água havia corrido sob a ponte.

O jornal *Última Hora* (nova denominação recebida pelo diário *Crónica* depois de ser fechado em dezembro de 1974) fez uma resenha nos mesmos termos que o *La Opinión*. "Não notamos um total sentido de aprovação entre o público presente e conseguimos encontrar as razões de tal atitude. Evidentemente não há renovação nas músicas da bossa nova. O próprio Vinicius não produz como antes e, ao se apresentar, limita-se a insistir em suas composições conhecidas. Para seu público fiel, não importa que passem os anos e que volte de quando em quando para repetir suas músicas e contar as histórias de como conheceu Baden Powell, como se relacionou com Carlos Lyra ou de que maneira escreveu com Toquinho a música sobre a praia de Itapuã. Mas existe outro tipo de auditório que não se conforma com isso e quer mais ou, melhor dito, exige renovação. Essas pessoas viram o show como se fosse um festival nostálgico. Ficamos satisfeitos por termos tido a oportunidade de escutar um outro intérprete que, surgido do mesmo movimento, dedicou-se à busca de uma nova orientação. Referimo-nos a Edu Lobo, que realizou seu próprio show e lamentavelmente foi muito breve. Não só nos entusiasmou Edu Lobo. Dentro do grupo rítmico, destacamos um baterista excepcional, um verdadeiro artífice da percussão, como também seus colegas no baixo e no piano."

Vinicius estava cansado. Desde 1970, vivia anos de grande exposição que pareciam não ter fim. Aos múltiplos desenganos amorosos, aos eternos e insolúveis problemas na relação com os filhos, à necessidade de beber quantidades cada vez maiores de álcool e à expulsão da diplomacia brasileira, que se deveu justamente a esta dependência, era preciso somar agora a conjuntura política brasileira e a profunda e constante tensão produzida pela maratona de turnês.

Em 1974, a censura pegou em seu pé. O Departamento de Censura Federal proibiu Vinicius de atuar por trinta dias porque, segundo o órgão, o poeta havia atacado a moral da nação ao cantar uma nova música chamada "Valsa do bordel", que ainda não havia sido aprovada. Ao aplicar a punição, o departamento também mencionou o uso de um humor vulgar e debochado nos shows de Belém e Brasília. Vinicius se defendeu dizendo:

> *Se falei alguma palavra durante o show, ela não teve nenhuma conotação moral. Não houve falta de respeito com o público. Apenas recitei um poema dedicado a Neruda no qual fiz um gesto de rebeldia, mas isso foi contra sua morte e contra 1973, ano que também levou Casals e Picasso. Não entendo o porquê desta sanção, o que fiz se tratou de um gesto espontâneo.*

Mas no Brasil havia censura porque existia uma ditadura militar, e é sabido que nem uma nem outra se dão muito bem com a espontaneidade.

Os quase quatro anos de autoexílio na Bahia serviram para Vinicius se proteger da derrubada do Brasil desenvolvimentista de Juscelino Kubitschek e João Goulart. Foi um período de resguardo para economizar energia e ficar o mais longe possível da violência institucionalizada que parecia (mas só parecia) destituir de qualquer sentido a beleza indestrutível de suas músicas.

Vinicius, que tanto desejara ultrapassar o reduto da poesia para atingir um público mais amplo com a canção, sentia na própria carne a sentença de Santa Teresa de Ávila popularizada por Truman Capote: "Derramam-se mais lágrimas pelas preces atendidas do que pelas não atendidas." Parecia uma ironia do destino, mas em seu caso era verdade. Para fazer de sua poesia uma grande obra da música popular (não se pode esquecer que o auge da bossa nova coincidiu com o apogeu do rock e dos Beatles, com os quais competiu), Vinicius teve de pagar um preço altíssimo.

Muitos de seus amigos afirmam que Vinicius sempre teve medo da morte, mas que, apesar disso, nunca teve uma vida exatamente saudável. Afirmam também que, por odiar o sol (a ponto de sequer mencioná-lo), era um homem "lunar". Que nem os maiores beberrões conseguiam acompanhar seu ritmo. Que qualquer pessoa podia ser objeto de seu amor. Que às vezes era desajeitado como um bebê. Que precisava ter a seu lado uma mulher primordial: aquela que pudesse ser mãe, mulher e menina. E que quis assemelhar-se a um poeta maldito francês que o assediava desde a adolescência em uma cidade tropical: Arthur Rimbaud, aquele que deixou a literatura para tornar-se traficante de armas na África negra e voltar gravemente doente, para morrer, em sua França natal. Uma boa parte da atribulada vida de Vinicius pode ser explicada a partir de seu fascínio adolescente pelos poetas malditos e, mais especificamente, por Rimbaud.

Seu amigo e médico particular em Montevidéu, o doutor Tálice, conta que, em março de 1980, pouco antes de Vinicius morrer, os dois se encontraram no restaurante Doña Flor, em Punta del Este:

> *Ele queria que eu visse uns exames de sangue e urina que tinha feito no Brasil; enquanto esperávamos a comida, comecei a ler os resultados. Quando a* paella *chegou, em uma travessa enorme, meus olhos iam dos exames para a* paella, *da* paella *para Vinicius, de Vinicius para os exames. E era tão impressionante o que ele tinha de ureia, colesterol, ácido úrico, glicose, albumina. Ele me olhou e deve ter visto minha cara porque riu e me disse: "Entendo, doutor, mas a* paella *me chama e não posso dizer não." E comeu a* paella. *Eu via que estava se suicidando. Seu exame de urina mostrava uma nefrite crônica e aguda; tinha albumina em gramas, uma glicose imponente.*

Vinicius era uma obra vivente: escrevia como vivia. Daí seu desprezo pelos jovens poetas brasileiros, aos quais não economizava ataques: "Esses que só leem historietas, essa poesia que não está escrita com sangue e sêmen. Esses que escrevem para ser lidos entre eles."

Vinicius de Moraes foi um dos últimos elos de uma cadeia que teve início no movimento romântico, passou pelos simbolistas e parnasianos, fez escala nos poetas malditos, flertou com o surrealismo, foi bebendo daqui e dali na primeira metade do século XX e, no Brasil, deu um belo fruto chamado bossa nova.

Era preciso deixar Buenos Aires para seguir o circuito universitário em São Paulo. Mas a promessa feita por Marta de viajar para o Brasil na Semana Santa deu a Vinicius o bálsamo de que precisava: a possibilidade de um novo amor.

O jovem uruguaio

Meu nome é Ricardo Lacquaniti, embora Vinicius tenha me rebatizado como Lacquan, colocando o polegar sobre minha carteira de identidade e deixando à vista apenas a parte do sobrenome que, desde então, passei a usar em minha carreira de violonista. "Agora você vai se chamar Lacquan", me disse Vinicius.

Nascido em Punta del Este em 1959, Lacuan (como passou a assinar, sem o q) teve a vida modificada após uma série de experiências com a música brasileira, a bossa, Vinicius e, especialmente, o LP *Vinicius de Moraes en La Fusa con Maria Creuza y Toquinho.*

Sua história como violonista começou aos 13 anos, quando seus pais compraram um violão de cordas de plástico para sua irmã tocar músicas folclóricas. A irmã jamais usou o instrumento, mas Lacuan se agarrou a ele.

Pouco tempo depois, seus pais compraram o LP do La Fusa com Maria Creuza. Diz Lacuan:

Esse disco era toda uma novidade. Quando comecei a ouvir o violão do Toquinho, escutei algo bem diferente do que o violão do folclore fazia. Eu não estava acostumado a um som como esse e me causou uma admiração enorme. Perguntei a mim mesmo o que era aquilo, como era aquela maneira de tocar que não arranhava as cordas, mas sim pulsava, elevando o instrumento a um nível mais culto. Eu não entendia nada. Não se ouvia o violão arranhado do folclore.

Sem ler partitura e sem ter estudado com um professor, Lacuan tirou de ouvido todas as músicas do LP. Como tocava bem e era incondicionalmente apoiado pela família que pertencia a uma linhagem de magníficos músicos e compositores, não tardou em formar com a irmã o duo Oxum, em que ela cantava e ele, com apenas 14 anos, tocava violão. Os dois se exibiam no *Domingos continuados*, programa apresentado por Cristina Morán no Canal 10 de Montevidéu.

Aos 17 anos, com uma música de Vinicius e Baden Powell (O Astronauta), Lacuan ganhou o primeiro prêmio na categoria solista instrumental do festival Estudiantina 76, transmitido pela Rádio Panamericana e pelo Canal 12 de Montevidéu. Na época, o violonista já tinha um trio que tocava na noite da capital e tudo isso era absolutamente normal para ele, porque seu avô, por exemplo, era o grande violoncelista Avelino Baños e a vida dedicada à música estava em seus genes.

Foi no verão de 1976-1977 que Lacuan conheceu Vinicius e, a partir de então, passou a acompanhá-lo como violonista em várias temporadas. O encontro ocorreu em Punta del Este, onde os pais do uruguaio tinham um apartamento de veraneio. Conta Lacuan:

> *Estávamos em pleno show no cassino Nogaró e de repente o Vinicius desapareceu. Pouco depois subiu no palco com uma torta com 18 velinhas e veio na minha direção. Maria Creuza, ele e os músicos cantaram parabéns. Quase caí de costas! Fiz 18 anos no palco. Depois Maria, de quem fui muito próximo naquele verão, me deu de presente no camarim* Cartas de amor, *do Neruda. Naquela temporada toquei o céu com as mãos!*

Antes de Vinicius, Lacuan conhecera Toquinho, quando o violonista brasileiro estava em Punta del Este tocando com seu grupo. Para Lacuan, Toquinho era um ídolo, um herói do violão. Com o pretexto de pedir um autógrafo, o jovem se aproximou do parceiro de Vinicius e começou a puxar conversa. Passaram a se encontrar dia sim, dia não, o suficiente para o mestre transmitir ao aluno valiosos segredos da batida, segredos que, no futuro, seriam de fundamental importância para Lacuan. Tanto que o uruguaio chegou a substituir Toquinho em uma temporada com Vinicius em Punta del Este e, depois, em duas apresentações fugazes em Buenos Aires. Essas duas apresentações, realizadas em setembro de 1977 no La Fusa e na boate Le Privé, de Helena Goñi e Héctor Peyrú, resultaram de uma ligação de Marta a Vinicius, pedindo ao marido para encontrá-la na capital argentina. Lá, Vinicius cantou seu tango "Amigo porteño" acompanhado por Lacuan no violão.

Em uma entrevista para a revista *Manchete*, Vinicius fez elogios rasgados a Lacuan: "Em Punta del Este, descobri um garoto fantástico, uruguaio, um segundo João Gilberto, quero trazê-lo para cá. Chama-se Ricardo Lacquan. Toca violão e canta sem sotaque, é um fenômeno. Eu o descobri no barzinho de um cassino de lá. Sensacional. Esse, sim, não vai ter problema na vida, sabe?"

Naqueles verões, diz Lacuan:

> *Tudo era farra com violão em Punta del Este. Grupos de jovens se reuniam em casas para tocar até o dia seguinte. Era incrível. Além disso, Vinicius era convidado, e eu de tabela, a jantares e reuniões para tocar informalmente e recebíamos em dólares. Em sua cabeça alcoolizada, Vina tinha um projeto para fazer um show com Hime, Jobim e comigo. Dizia: "Vai emocionar muitíssimo as pessoas e teremos que distribuir lenços."*

Tamanha foi a simpatia mútua entre Vinicius e Lacuan que despertou ciúmes em Toquinho, a quem jamais pensou em substituir:

> *Maria Creuza estava cantando no teatro Solís e eu a acompanhava com o violão. Depois do show, fomos para o hotel dela com minha irmã para conversarmos e passarmos um tempo juntos. Uma das primeiras coisas que ela nos disse foi: "Estou preocupada porque o Toquinho fez macumba para o Ricardo." Eu e minha irmã pensamos: "Coitadinha, como ela é ignorante." Mas, a julgar pelas coisas que aconteceram comigo no Rio, tenho certeza de que ela tinha razão. Quando cheguei ao Brasil arrasaram comigo, meteram o pau no Vinicius. "O que você está fazendo? Trazendo um uruguaio, com um monte de brasileiros precisando trabalhar", diziam. Os únicos que me estimularam no Brasil foram ele e o Tom. Então comecei a beber tanto uísque quanto o Vinicius, minhas*

mãos começaram a tremer e tive ataques de pânico. Mas nos verões seguintes, ainda assim, continuei acompanhando o Vinicius em Punta del Este.
Depois, durante uma curta permanência em Montevidéu, comecei a tocar com Mateo, Pipo e os Fattoruso, que tinham acabado de chegar dos Estados Unidos. Todos eles também muito influenciados pela bossa nova. Principalmente o Mateo, que me dizia: "Escuta o João Gilberto, olha os acordes que ele faz."
Aqui no Uruguai, o Vinicius cantor foi mais divulgado do que o poeta. Ele, Toco e Maria se apresentaram mais de uma vez no Canal 12. No estúdio, costumavam se sentar em círculo, formando uma roda, hábito que Vinicius trazia das rodas de samba, mas que tinha também uma coisa energética, de mandala.

Ricardo Lacuan largou tudo pelo violão: estava no último ano do ensino médio e abandonou os estudos para sempre. Planejava entrar na faculdade de psicologia, mas deixou o projeto de lado. Saiu da casa da família em Montevidéu e se instalou definitivamente no apartamento dos pais em Punta del Este, na esquina das ruas 17 e 24. Seguiu Vinicius para o Rio, morou na casa do poeta, estreou em Buenos Aires com ele, voltou a acompanhá-lo em Punta e Montevidéu. E, no dia do enterro de Vinicius, despediu-se dele no Rio cantando "A felicidade" com a multidão.

Lacuan ainda era adolescente quando conheceu o sucesso pelas mãos de Vinicius. Talvez por vir de uma família de artistas, mas também por estarem em uma época em que o protagonismo juvenil ainda estava em alta, seus pais o apoiaram muito.

Na longa temporada em Punta, Lacuan compôs duas músicas com Vinicius: "Maria" e "Vals de Punta del Este". Sobre elas, o uruguaio comenta:

Eu estava derretido pela Maria Creuza e chegamos a ter uma amizade muito próxima. Foi um sonho de moleque. Quando substituí o Toquinho no Nogaró, Carlos Blanco, um argentino que era o empresário do show, quis me pagar 30 pesos uruguaios, sendo que todo mundo recebia em dólares. Então a Maria Creuza disse para ele: "Se você não pagar 30 dólares para o Ricardo, eu não canto." E me pagaram. Ela recebia 200 dólares por show e Vinicius, nunca soube quanto recebia.

Durante aquele verão, senti que Vinicius abençoava a mim e Maria. Numa tarde de março, fomos para Montevidéu porque ela tinha que embarcar à noite. Chegamos ao aeroporto e começamos a chorar. Nós nos despedimos chorando. Quando voltei a Punta del Este, fiz com Vinicius o tema "Maria". Eu compus a música e ele, a letra. Era seu tópico favorito: a tristeza deixada por um amor que vai embora. Algum tempo depois, acompanhei Maria Creuza no show que ela fez como solista no teatro Solís.

A letra de "Vals de Punta del Este" também teve uma pequena participação de Tuca, neto de Vinicius. Diz Lacuan:

Vinicius selava uma amizade com uma colaboração numa música. Durante todo aquele verão, Tuca morou com Vinicius e Marta numa casa que eles tinham alugado. Vina ainda não tinha comprado a (sua casa) Orfeu negro. *Os músicos moravam no edifício Punta del Este e eu, no apartamento da minha família. Tuca tinha quase minha idade, e é o único brasileiro que eu confundi com um argentino: falava sem sotaque, chamava a atenção. Depois de tocar, íamos comer em lugares como o Doña Flor ou o Bungalow Suizo, porque os donos dos melhores hotéis e restaurantes conheciam Vinicius. Tuca começou a falar de ideais de esquerda e Vinicius se virou para ele e disse: "Você não acha um pouco ridículo falar disso em um lugar como esse?"*

Não era muito comum, mas de vez em quando Vinicius encarnava o avô, como naquela noite, tentando conter os excessos adolescentes do neto.

Pouco tempo depois, Vinicius comprou uma casa em Punta del Este que chamou de *Orfeu negro*. Nela, viveu várias temporadas com Marta. O poeta tinha uma afeição especial pelo balneário. "Passei dois meses", disse a um veículo de comunicação brasileiro, "em uma casa incrível que tinha uma vaca pastando, e quando a pessoa se virava lá estava o mar. Segundo estudaram muitos cientistas, Punta del Este é uma das três cidades, como diz esse termo novo, biônicas. Punta del

Este, outra no Peru e outra no Tibete. Dizem que o ar nesses lugares é diferente, então Punta te dá uma vitalidade incrível. Eu tomava uma garrafinha de uísque, tranquilo, dormia metade do que eu durmo aqui e acordava tranquilo. Realmente é uma maravilha biônica!"

Lá ele teve com Marta uma casa própria, sua casa. Em Punta del Este, como já havia experimentado na Bahia com Gesse Gessy, Vinicius se retirou do mundo para recobrar forças e seguir com as turnês europeias.

O último show de Vinicius em Buenos Aires foi no teatro Gran Rex, em um mês e em um ano que, para os argentinos, perderam para sempre o caráter anódino da maioria do calendário: março de 1976.

Buenos Aires deixou de recebê-lo em seus grandes teatros.

Amor com barreiras

Soneto de Marta

Teu rosto, amada minha, é tão perfeito
Tem uma luz tão cálida e divina
Que é lindo vê-lo quando se ilumina
Como se um círio ardesse no teu peito.

E é tão leve teu corpo de menina
Assim de amplos quadris e busto estreito
Que dir-se-ia uma jovem dançarina
De pele branca e fina, e olhar direito.

Deverias chamar-te claridade
Pelo modo espontâneo, franco e aberto
Com que encheste de cor meu mundo escuro.

E sem olhar nem vida nem idade
Me deste de colher em tempo certo
Os frutos verdes deste amor maduro.

VINICIUS DE MORAES, RIBEIRÃO PRETO,
5 DE ABRIL DE 1975

Quando Marta Rodríguez Santamaría conheceu Vinicius, ele já estava instalado e muito bem relacionado em Buenos Aires. Alguma coisa dele serviu de contrapeso à rebeldia juvenil dela, assim como à sua necessidade de escapar da sombria cultura portenha do tango e da violência que havia tomado conta da Argentina.

Um carioca de 61 anos, poeta, criador da bossa nova, despertou em uma jovem portenha de 23 anos um profundo amor por uma argentinidade visceral e atávica. Uma identidade com vários vasos comunicantes: os poetas de vanguarda do grupo Poesía Buenos Aires, que marcou a cena cultural dos anos 1950, a escritora María Rosa Oliver, o músico e compositor Aníbal Troilo (também conhecido pelo apelido Pichuco), o Instituto Di Tella, o escritor Ernesto Sabato, o poeta Juan Carlos Lamadrid, Astor Piazzolla, o artista plástico e caricaturista Hermenegildo Sábat, os intelectuais brasileiros exilados em Buenos Aires, o La Fusa, a jovem *intelligentsia* liberal e portenha (em não poucos casos partidária da revolução), a avenida Corrientes e a boemia internacional do Bairro Norte.

A única esposa não brasileira de Vinicius lembra assim essas descobertas:

> *Ele me trouxe algo da alma portenha, da essência de Buenos Aires. Quando nos conhecemos, eu era muito nova e estava numa etapa particularmente rebelde. Ele me apresentou María Rosa Oliver, Renata Schussheim, Ernesto Sabato, Piazzolla, Hermenegildo Sábat, Helena Goñi, Daniel Divinsky. Com ele conheci os longos almoços e jantares no Edelweiss, que era o lugar de que ele mais gostava. Vinicius adorava, especialmente, o Pichuco. Ele me trouxe a alma argentina porque me fez conhecer artistas que conseguiam capturá-la em suas áreas de atuação. Mas, ao mesmo tempo, Vinicius era pouco intelectual. Lembro de uma entrevista que fiz com ele para a revista* Manchete *em que perguntei: "Você gosta dos intelectuais?" E ele respondeu: "Gosto quando viajam para a Europa ou quando estão dormindo o sono dos justos." Estar com Vinicius também significou uma abertura muito grande para o mundo que me permitiu escapar do clima opressivo que desembocou no golpe de 1976.*

Numa das primeiras tardes do outono de 1975, depois de sair do Ministério da Fazenda, Marta passou em uma agência de turismo na esquina da Paraguay com a Cerrito. Foi buscar as passagens de avião que Vinicius lhe enviara para ir a São Paulo. Custou muito para ela guardar segredo até o dia seguinte, quando Laura, sua amiga cupido, encontrou-a na saída do trabalho. Nessa primeira viagem ao Brasil, nas longas conversas que teve com Vinicius, na vivência intensa do universo de seus amigos, a cabeça de Marta começou a ficar cada vez mais aberta.

Ela ainda não sabia, mas essa viagem iria mudar sua vida.

Marta disse para os pais que passaria a Semana Santa em Mar del Plata com Laura. Até então, eles não suspeitavam de absolutamente nada.

Em certa medida, nem mesmo Marta podia considerar que houvesse algo entre ela e Vinicius. Continuavam sendo "amigos". Teoricamente, ele ainda estava casado com Gesse e morando com ela em Salvador.

A ida a São Paulo, porém, era bem diferente da viagem a Punta del Este. Dava a impressão de que a fase inicial, em que os dois estavam tateando, já havia sido superada e que alguma coisa teria de ocorrer. Agora, era Vinicius quem queria vê-la. O que aconteceria? Continuariam apenas "amigos"? Com apenas 23 anos, será que Marta poderia se colocar no posto da mulher de um homem de 61? E, além de tudo, um homem famoso. Naquele momento, ela preferiu deixar de lado essas perguntas que surgiam ameaçadoras em sua cabeça, como as ondas de um mar em ressaca.

Finalmente estaria no Brasil, com Toquinho e Vinicius, longe dos modelos conhecidos e rejeitados por ela. Fora da Argentina.

Contra qualquer prognóstico, no exato momento em que o avião levantou voo, suas dúvidas se dissiparam. Era tudo novidade. A tudo prevaleciam o assombro e a vontade. Era a primeira vez que Marta imergia em outra língua e em outra história. Ao chegar ao Brasil, sentiu-se mais leve, mais cristalina do que em Buenos Aires.

No aeroporto de São Paulo, era aguardada por Maria Alice Rufino, a mulher de Toquinho. Supostamente, ele e Vinicius estavam em uma turnê pelo interior do estado, às voltas com o circuito universitário. Porém, ao chegarem ao apartamento de Toquinho, Vinicius apareceu de repente. Dali por diante, ao lado do poeta, tudo passou a ser uma soma vertiginosa de surpresas, revelações e descobertas para Marta:

Naquele dia, quando cheguei, comemos comida vegetariana na casa do Toquinho, num estilo muito sem graça, sem gosto de nada. Mas para mim era uma grande novidade porque na Argentina não se comia esse tipo de coisa. No dia seguinte, me apresentaram à senhora que limpava a casa do Toco. Eu me apaixonei pela filhinha dela: uma menininha negra, pequenininha. Isso também era raríssimo para mim, que, morando em Buenos Aires nos anos 1970, só via negros nos filmes.

No dia seguinte, embarcaram na turnê do circuito universitário do interior de São Paulo. Lá também, as surpresas e descobertas foram surgindo uma atrás da outra, como as cartas de um jogo de prestidigitação. Para Marta, a realidade começava a ser, mais do que tudo, mágica. Diz ela:

Acompanhei Vinicius na turnê de 1975 por quatro ou cinco universidades do estado de São Paulo. Viajávamos os três no conversível do Toquinho. Dormíamos em hotéis confortáveis e acho que fizemos um ou outro trecho da viagem de táxi. Os músicos seguiam juntos por outro caminho. Lembro-me do show de Campinas, do de Ribeirão Preto e, para terminar a turnê, do show no teatro Tuca da cidade de São Paulo. Eram encontros multitudinários com jovens e estudantes. Eu também era estudante e, comparando com a vida na Argentina, vi mais alegria e entusiasmo no Brasil. Havia um clima de liberdade que eu nunca tinha experimentado. Vinicius podia fazer seus shows nas universidades e não tinha medo de ser reprimido pela polícia. Na Faculdade de Direito, onde eu estudava, isso teria sido impossível naqueles anos.

Foi nessa turnê, em Ribeirão Preto, que Vinicius dedicou a ela o *Soneto de Marta*.

O casamento com uma moça de 23 anos tem uma explicação nas palavras de Eric Nepomuceno:

> *Diante da crise, Vinicius escolhia os mesmos caminhos de antes. Além disso, havia em Marta o componente juvenil que para ele era muito importante. Mais uma vez a mulher jovem que não causa problemas, que se deixa deslumbrar por ele.*

Com o tempo, quando Marta revelou aos pais sua relação com Vinicius, as surpresas, as descobertas e a sequência de primeiras vezes chocaram-se com as reprimendas familiares e uma surda incompreensão materna. A adversidade familiar pesou tanto para Marta que, para apaziguar os ânimos, ela fazia a ponte aérea Buenos Aires-Rio com enorme frequência, porque, entre outras coisas, seus pais exigiam que ela prestasse os últimos exames na Faculdade de Direito. Seu pai foi mais compreensível que sua mãe, mas o aliado incondicional seria sempre Carlos, ou Carlinga, seu único irmão.

Depois da Semana Santa em São Paulo, Marta e Vinicius passaram oito meses sem se ver. Para ela, foram dias intermináveis. Para não se sentir tão longe de Vinicius, passava o tempo todo ouvindo os quase cem discos que ele lhe havia dado em São Paulo: alguns de música caipira, mas a grande maioria de MPB. Tudo isso também era novo para ela.

Da mesma forma, para fazer não apenas a educação sentimental, mas também estética e intelectual de Marta, Vinicius lhe presenteou na viagem com várias dezenas de livros que iam comprando juntos quando saíam para caminhar: todo Jorge Amado, Clarice Lispector, João Cabral de Melo Neto e sua própria obra completa. Foram tantos os discos e livros comprados em São Paulo que tiveram de pagar excesso de bagagem no aeroporto.

Vinicius sabia que, em sua ausência, esses presentes poderiam acompanhá-la, mesmo que só um pouco.

Nesses longos meses de espera, Marta escreveu muito. Esses poemas, depois reunidos no livro *La flor ilimitada*, que dedicou aos pais e ao irmão, falam da distância do amor, da espera e da solidão.

La angustia de la espera[7]

Quedan en mí días de flores y de llantos
Y de músicas en el silencio que ahora me acompaña.
Estoy anclada en aquellos días azules.

Me observabas al dormir. Yo no sabía.
Y entonces
Una lágrima tembló en tu corazón y cayó al mío.
Yo partía.
Y el presente nos aplastó contra un porvenir de lejanía.
Quiero invertir el tiempo.
O saltar este tiempo sin sentido.

Quedan en mí días de flores y de llantos.
Y la angustia de la espera.

Tu ausencia[7]

Atardecer de julio
Tristeza oscura,
Breve pájaro que pasó.
Cual hoja de otoño,
Este día también cae muerto
– porque tú no estás –.

(tarde herida por el sol.
Mujer herida de amor
Que llena soledades con sueños.)

¿Dónde están tú y tu dulzura?
Que vuelvan.
Sólo así podré llenar mis soledades.

---

[7] Livro *La flor ilimitada*, de Marta Rodrígues Santamaría, editora Dinamene, Buenos Aires, 1976.

Tu viento[8]

El viento sur me trae los fríos polares,
El norte el aire seco, el este la furia del mar,
El oeste las nubes azules de montañas;
¿Qué me trae tu viento quemante
Que no sé dónde se origina?
¿Cuál es su punto cardinal?
Viento de todo tiempo
De mi mundo
Invade mis surcos aún no sembrados
Recorre valles encantados
Canta en las hojas de mis pinos
Fuega en las crestas de mis olas
Vaga y divaga
Sin sentido, viento loco
Viento
Sin tiempo
Viento eterno
Ancestral torrente,
¿Qué me trae qué tiene
Tu viento
Que mis estrellas y mis lunas
Sonríen cuando pasa por mí?

---

[8] Livro *La flor ilimitada*, de Marta Rodrígues Santamaría, editora Dinamene, Buenos Aires, 1976.

Enquanto isso, Vinicius deu por terminado seu casamento com Gesse e começou uma sequência de litígios que, como dissemos, não terminaria bem.

Em dezembro de 1975, Marta viajou ao Rio de Janeiro para se encontrar com Vinicius e de lá partir para uma turnê europeia por França, Itália e Portugal. Ela não conhecia a Europa e tampouco o Rio. Mais uma vez, era tudo novidade.

Vinicius estava impaciente. Não via a hora de rever Marta e tê-la a seu lado. Outono, inverno e primavera haviam passado com conversas telefônicas que, como sempre, ela mantinha da casa de uma amiga. Naquela época, seus pais continuavam ignorando tudo. Ela sabia o que fazia: guardar segredo era a forma de se proteger, até quando fosse possível, das reprimendas familiares.

Martinha, minha mulher

Depois do final traumático com Gesse, Marta era a esperança de um novo amor. Mais uma vez, Vinicius quis acreditar que tudo podia ser feito de novo. Nunca falou com Martinha sobre o casamento anterior, nem sobre os litígios furiosos que a baiana desatou. Quis protegê-la daquilo.

No Galeão, Vinicius aguardava ansioso a chegada do avião da Varig que traria Marta de Buenos Aires. Ali, subitamente voltou a se sentir jovem. Viu-se tomado de desejo e teve certeza de que, se preciso, poderia desafiar o mundo sozinho.

Rio de Janeiro, meados de 1975. Sala da casa de Vinicius. Em volta de uma mesa longa e escura, estão sentados Susana, Pedro, Georgiana e Luciana, ou seja, todos os filhos do poeta com exceção de Maria, de 5 anos.

Vinicius (entrando por uma porta lateral, abraçando Marta pelo ombro direito, olhando alternadamente para ela e seus quatro filhos, e se detendo finalmente na cabeceira da mesa): Pedi para todos vocês estarem juntos hoje e aqui porque quero apresentar a Martinha, minha mulher.

Susana (sentada à direita da cabeceira, com um cigarro no meio dos dedos entrelaçados: a cinza equilibrada é tão comprida como fora o cigarro antes de ser aceso; sorri, talvez um pouco tensa): Oi, Marta! Estamos felizes de te conhecer. Finalmente. O *darling*, como eu chamo o Vinicius, fala muito de você.

Marta (com a cabeça ao mesmo tempo vazia e repleta de pensamentos, apoia o indicador da mão direita na quina superior da cabeceira da mesa; a mão esquerda se encontra imobilizada pelo corpo de Vinicius, que está como que aderido ao seu; quer tratá-los pelo nome, um a um, mas não pode fazer isso porque não sabe como se chamam, não sabe sequer como se chama a mulher que acaba de falar com ela; mas precisa dizer alguma coisa, alguma coisa breve; um pouquinho de alguma coisa que seja): Obrigada. (Olhando Susana obliquamente). Para mim é muito importante conhecê-los. (Olhando para a parede da frente, onde há um quadro grande e escuro pendurado; durante o tempo que demora para dizer essas sete palavras, Vinicius vira-se para ela; não para de olhá-la nem um instante, como criando um campo magnético entre seus olhos e o perfil de Marta, capaz de sustentá-la como uma malha de aço invisível. Marta, por sua vez, gira a cabeça; ela e Vinicius sorriem; o aplauso dos filhos, instigado por Susana, coincide com o abraço dos dois).

Pela primeira vez, Marta sentiu que estava pisando em terra firme com Vinicius. Ela conta:

> *Quando ele me apresentou a seus filhos, me senti muito bem. Foi no dia seguinte à minha chegada. E pensar que eu tinha dito para a minha família que estava indo para o Brasil porque ele tinha me contratado para ser sua secretária! Eu continuava escondendo tudo na Argentina. Aquelas foram as primeiras festas de fim de ano que passei sem meus pais. Só então eu estava começando a romper a casca. Também por isso Vinicius foi tão importante para mim. Graças a ele me animei a fazer muitas coisas.*

Ela já tinha uma ideia aproximada do que era uma turnê, pois estivera no último circuito universitário de São Paulo. Na Europa, porém, seria muito diferente. Conta Marta:

Chegar à Europa no fim de 1975 foi um balão de oxigênio para o Vina. O público tinha uma espécie de fascínio por ele. Em Paris, a Anouk Aimeé, atriz do filme Um homem e uma mulher, *foi vê-lo com uma adoração! Eles conversavam em francês e eu não entendia, mas podia sentir do mesmo jeito o carinho dela por ele. Numa outra noite, fomos comer comida coreana com peixe cru, que achei estranhíssimo, porque em Buenos Aires ainda não havia restaurantes assim. Também estavam conosco o Claude Lelouche, diretor de* Um homem e uma mulher, *com sua esposa, Alexandra Stewart.*
Um dia da semana em que eles não tinham show, Vinicius quis ir ouvir jazz em um porão de Paris. Estávamos junto com o Toquinho e os músicos da banda. Em um dado momento, alguém disse pelo telefone que Quincy Jones tinha morrido. Lembro que todos os músicos brasileiros, inclusive Vinicius, começaram a chorar. Saímos chorando e abraçados do porão, formando uma espécie de corrente humana. Era uma tristeza só! Depois ficamos sabendo que Quincy Jones não tinha morrido, mas, no meio de tudo isso, eu nem sabia quem era ele.
Uma tarde, estávamos no La Coupole e o Cat Stevens se aproximou para cumprimentar o Vinicius; ele também estava como nós, bebendo alguma coisa, e quando viu o Vinicius foi para nossa mesa dar um abraço nele.

Em Portugal, o registro de uma noite de 1969, em que Vinicius leu seu poema *Minha pátria* em um teatro de Lisboa, tornou-se uma das trilhas sonoras da Revolução dos Cravos, em abril de 1974. Liderada por jovens oficiais do exército português e com a participação de forças civis da oposição, a revolução decretou o fim de mais de quarenta anos de ditadura militar. Por isso, pouco mais de um ano depois do movimento, no alvorecer da transição democrática, Vinicius foi recebido como um herói em Portugal.

O público e a crítica europeia foram só elogios para Vinicius, que chegava extenuado de um Cone Sul em que, naquele momento, parecia não haver lugar para suas músicas.

A relação entre Marta e Vinicius era feita de despedidas e reencontros. "Passava o tempo indo e voltando, da minha família para Vinicius", conta. "Só não fiquei louca por milagre."

Marta nunca quis desafiar ninguém. Mas sua mãe não entendeu dessa forma e começou um longo e doloroso período de enfrentamentos que deixou sequelas.

Nosso Vinicius

Carlos Rodríguez Santamaría, o Carlinga, acompanhou a irmã ao Rio em várias ocasiões. Ficou no casarão de Vinicius na Gávea, onde Marta fazia as vezes de dona de casa. Também trabalhou na organização de shows de Tom Jobim, Toquinho, Miúcha e Vinicius no Canecão.

No Rio, usava a graça e a esperteza argentinas para conquistar mulheres lindas e jovens sob a benção de Vinicius. Pouco depois de conhecê-lo, o poeta disse: "Você tem que ser ator." Quase quinze anos depois, quando o pai de Carlinga havia morrido, o vaticínio de Vinicius se tornou realidade: começou a estudar teatro e se transformou no que o cunhado havia profetizado. "Para meu irmão", diz Marta, "conhecer Vinicius foi muito importante. Abriu a cabeça dele e mudou sua vida".

Conta Carlos:

> *Vinicius ria muito comigo. Eu era muito novo e abusado. Um dia estávamos sentados, com outras pessoas, no pátio da casa dele, na Gávea. Ele olhou sua filha Georgiana e depois, muito discretamente, olhou para mim e fez um gesto de aprovação. Mais tarde, a sós, ele me perguntou: "E aí? Como foi com a Georgiana?" Fiquei paralisado. Ele tinha um radar para captar se havia uma onda erótica entre as pessoas. Eu disse que tinha ido tudo bem, o que de fato era verdade. Uma outra vez, Vinicius me pediu para acompanhá-lo em um hotel para visitar uma amiga que tinha acabado de chegar ao Rio. Era uma italiana de 34 anos que desenhava roupas. Vinicius a cumprimentou, conversou, me apresentou para ela e foi embora. Eu fiquei trancado com a italiana três dias no quarto do hotel.*

Ele odiava dirigir e eu servia de motorista para ele. "Me leva ao Copacabana Palace?", perguntou. Dessa vez, o hóspede era o George Harrison. Acabei sentado na varanda do hotel, escutando os dois falarem inglês sem entender nada. Para mim foi um sonho passar a tarde com um beatle!
Vinicius era muito distraído com seus pertences. Tinha o costume de andar com uma bolsinha porta-tudo em que era capaz de levar todo o dinheiro da arrecadação de um show. Aqui em Buenos Aires esqueceu no táxi pelo menos duas dessas bolsas, com quase 5 mil dólares cada. Isso era muito dinheiro nos anos 1970! Em sua casa no Rio, sempre perdia os óculos e andava de cima para baixo procurando, desesperadamente. Na primeira vez foi difícil achá-los, mas depois eu já sabia onde estavam: ele esquecia no congelador quando ia buscar gelo de madrugada.
Eu contava piada, ele ria e a barriga mexia muito. Eu achava a maior graça nisso e acabava segurando a barriga dele, como para que ela não caísse, e ele ria ainda mais.
Vinicius era muito divertido e muito culto, o que não é comum de se ver. Eu passava os verões no Rio e depois voltava para Buenos Aires, para a casa dos meus pais. Pode-se dizer que sou ator graças a Vinicius porque, quando o conheci, aos 18 anos, ele percebeu que eu tinha jeito para atuar e me falou isso. Nos shows do Canecão, eu fazia o controle dos ingressos. Quando terminávamos, íamos comer em um restaurante muito caro, muito elegante, na Lagoa, que tinha o chão e as paredes atapetadas. Vinicius chegava, tirava os sapatos, deitava no chão, apoiava as pernas na parede e cochilava um pouco. As pessoas que estavam comendo viam isso e adoravam. Era quase sempre ele que pagava, embora praticamente não comesse nada, só bebesse. Uma vez, ele me contou que, quando ainda era diplomata, estava em uma recepção na Suécia com Rodolfo Souza Dantas, que depois foi seu genro, e os dois começaram a beber. Vinicius bebeu tanto que, em certo momento, não sabia nem onde estava. No meio da reunião, subiu sozinho uma escada e foi dormir no chão atapetado de um quarto escuro. Ninguém tinha dado falta dele. No dia seguinte, acordou, desceu a escada, deu bom-dia e foi embora. Ele me deu alguns conselhos sobre a arte de beber. Por exemplo: nunca tomar bebida de má qualidade. E, para cortar a ressaca da manhã, nada melhor do que cerveja. Eu o vi liquidar sozinho uma garrafa do uísque Criadores (quando

ainda era uma boa marca) e continuar de pé. Era incrível. Embora pareça mentira, ele cuidava diariamente do fígado tomando um protetor hepático. Quando se separou de Gesse, Vinicius deixou seu carro na Bahia. Como eu estava no Rio e podia transportá-lo para todos os lugares, pediu para eu buscá-lo na casa de Itapuã. Levei o automóvel para o Rio e o usava tanto como chofer do Vinicius como também para sair. No fim das contas, acabei trazendo o carro para Buenos Aires para que o Vinicius pudesse dispor dele por aqui. Depois, quando ele retornou ao Rio, o carro ficou sob meus cuidados e bati com ele. Conclusão: um reboque o levou de volta para o Brasil. Imagina se o Vinicius ficou chateado! Menos ainda por um carro.

Tornei-me amigo do Tuca, o neto mais velho de Vinicius, filho da Susana. Tuca era dois ou três anos mais novo que eu. Na verdade, era mais argentino do que brasileiro, porque viveu até os 15 anos em Buenos Aires, onde o pai dele era cônsul do Brasil. Saíamos juntos e conheci várias das namoradas argentinas dele.

Vinicius recebeu muitos amigos argentinos e uruguaios na casa da Gávea. Passaram por lá Renata Schussheim, Horacio Ferrer, Ricardo Lacuan, Helena Goñi, Marcelo Acosta y Lara, entre outros.

No Rio de Janeiro do início dos anos 1950, Vinicius tinha inaugurado uma nova forma de habitar uma casa: abria as portas para quem quisesse entrar. Isso que hoje poderia parecer um disparate ou um delírio insano criou no Brasil uma tradição que não durou muito tempo, mas ainda assim foi muito intensa, a das "casas abertas".

Em seu caso particular, era expansivo com os que chegavam e os recebia, sempre, com boa bebida e música da melhor qualidade. A casa da Bahia também teve esse perfil. Foi um caldeirão de músicos, jovens hippies, pescadores e artistas. Com seus amigos, aliás, a estadia evoluía de tal forma que a distinção entre dono e convidado ficava bem diluída.

Conta Renata Schussheim:

Estive na casa do Vinicius duas vezes. Era uma casa muito boêmia. Se em algum momento ele teve um apartamento, deve ter sido porque alguma mulher pediu. Nos móveis da sala de jantar, as gavetas estavam cheias de cartas e manuscritos de pessoas como Neruda, Carlos Drummond de Andrade, Jorge Amado. Tudo bagunçado. Eu dizia para o Vinicius guardar em outro lugar, colocar em pastas, mas ele era muito distraído. Na primeira vez que fui à casa dele, vivi a vida acompanhando seu ritmo. O dia era assim: de noitinha, Canecão e camarim do Vinicius, drinques, show, sair até as oito da manhã e levantar ao entardecer. Até que de repente parei e pensei que, se continuasse daquele jeito, ia acabar sendo internada. Aí decidi voltar. Ele e Tom Jobim me acompanharam ao aeroporto. Na segunda vez que estive lá, foi para o Carnaval e Vinicius não estava porque tinha uma turnê. Então me deixou a chave. Eu queria estar lá, entre as pessoas, vendo tudo. O Vinicius me disse: "A primeira vez é para ver ao vivo. A segunda, para ver pela televisão com ar-condicionado", e ele tinha razão. Vinicius não era nada egocêntrico. Era carinhoso, interessado por seus amigos. Sabia escutar. Falava muito da sua filha Susana. A última vez que o vi foi no Rio. Ele já estava doente. Estava muito mal.

Ricardo Lacuan se lembra do mês de junho em que, incentivado por Vinicius e com o apoio de sua família, pegou um ônibus na rodoviária de Montevidéu e só desceu no Rio de Janeiro.

No inverno de 1977, vivi três meses na casa do Vinicius. Quando cheguei ao Brasil, tinha perdido no ônibus toda a roupa que havia comprado no verão com o dinheiro ganho nos shows no Nogaró e tive que usar a roupa de Tuca. Na casa da Gávea, conheci o Tom, o Chico, o Francis Hime. Se não fosse por Marta, não haveria televisão naquela casa: ela ficou firme e disse ao Vinicius que era preciso comprar uma. Voltaram com uma gigante, como as TVs de plasma de hoje. Nela víamos os especiais da televisão brasileira sobre Tom e Chico. Uma vez estávamos eu, Vinicius, Georgiana, Miúcha, Tom e sua mulher Aninha deitados em um colchão assistindo a um especial sobre Tom Jobim. Todos, e principalmente o Tom, protestavam porque não estavam gostando do que colocaram no programa.

Em 1972, Horacio Ferrer viajou ao Rio de Janeiro para o Festival Internacional da Canção (FIC) e Vinicius convidou-o para ficar em sua casa.

No dia em que cheguei, alguém que eu não conseguia distinguir bem devido à escuridão saltou de trás de uma porta gritando com uma voz inconfundível: "Horacio!" Era Dorival Caymmi, que eu não conhecia pessoalmente. Foi uma tremenda surpresa. Lembro que Vinicius deixava no pátio umas mesas que ele tinha pegado em uma cervejaria. Era incrível! Nessa viagem, eu e Vinicius consolidamos nossa amizade.

Em meados de 1970, Vinicius, Marília Medalha e Toquinho chegaram a Buenos Aires para fazer uma turnê pelo interior da Argentina. Ao grupo, somou-se alguém que não era músico, nem argentino, nem brasileiro. Era Fred Sill:

Viajamos de trem até Córdoba, porque eles tinham um show em um estádio importante, acho que um estádio de futebol, ao ar livre. Em plena viagem, Toquinho percebeu que tinha esquecido o violão na casa da namorada, que era uma modelo muito conhecida na época, Silke Hummel. Como ele foi direto da casa dela para a estação Retiro, não notamos que ele tinha esquecido, já que eu, Vinicius e Marília havíamos saído do meu apartamento, na Las Heras. Bom, sei que o Toquinho não sabia o que fazer e passou toda a viagem muito ansioso. Então, para matar o tempo, fomos beber e comer alguma coisa no bar do trem, e alguém propôs uma brincadeira em que cada um tinha de fazer um autorretrato ou um desenho de algum de nós para uma outra pessoa interpretar. Toquinho se desenhou chorando com umas lágrimas imensas. Eu disse a ele que não havia problema porque podíamos comprar outro violão quando chegássemos em Córdoba. Mas, para ele, não seria a mesma coisa. Viajamos toda a noite e eu dividi o camarote com Vinicius.
Ao meio-dia, compramos outro violão e fomos para o estádio. À noite, quando Toquinho já estava no palco, de repente, as pessoas começaram a aplaudir e assobiar muito alto. Silke, que tinha tomado o trem seguinte para levar o violão a Toquinho, apareceu no palco com o instrumento. Acho que o público não a reconheceu. Aplaudiu porque era muito bonita: alta, loira. Entre ela e Toquinho houve uma relação muito intensa.
Quantas pessoas havia? Não sei, talvez umas 2 mil. Não era o público como o do La Fusa, era algo popular. Quando o show terminou, fomos direto para

a rodoviária pegar um ônibus para Rosario, onde eles se apresentariam na noite seguinte. Chegamos exaustos e morrendo de fome. Como já era quase meio-dia, Vinicius perguntou ao recepcionista onde havia um bom lugar para comer. Ele respondeu que a duas quadras. Ao chegar, nos deparamos com uma fila na porta no restaurante. Vinicius me disse: "Tenho muitas manias, mas enfrentar fila durante trinta minutos para almoçar não está na minha lista." Fomos para outro lugar.

Em uma viagem anterior, ao desembarcar em Buenos Aires para uma temporada de shows no La Fusa, Vinicius me ligou perguntando se podia ficar no meu apartamento. Respondi que era pequeno, que só tinha um quarto, e perguntei se ele não tinha uma suíte reservada. Ele disse que sim, mas que preferia dormir no chão da minha casa porque nela havia o calor humano de que precisava para compor. "Então vem", eu disse. Pouco depois, chegaram ele, Gesse, Marília Medalha. Uma patota. Achei que só viesse o Vinicius. Creio que, no fim das contas, a Marília ficou num hotel. Como gosto muito de música, disse que a única condição para eles ficarem era que Toquinho tocasse, uma vez por dia, umas Bachianas que eu tinha escutado ele dedilhar.

Cedi meu quarto a Gesse e Vinicius e fazia minha cama no sofá da sala. Eles voltavam do La Fusa lá pelas quatro da manhã. A essa hora eu estava apagado porque saía às seis para o escritório da Paramount na Lavalle e voltava às 18h. Vinicius me acordou duas noites seguidas para eu ouvir o Toquinho tocar. Na segunda noite, eu disse que não ia cobrar mais nada.

À tarde, meu duplex enchia de gente. Libertad Leblanc aparecia na sua varanda e olhava para minha casa com binóculos. Se havia gente que a interessasse, atravessava a Las Heras e subia. Houve uma temporada em que Walter Vidarte aparecia todos os dias para ensaiar Molière, *uma obra que lhe exigia muita concentração, e durante o dia ficava com a casa só para ele. Foi por Walter que conheci Libertad. Escutávamos discos de bossa com Leonardo Favio, e foi lá em casa que ele conheceu a música de Baden Powell, que o impressionou enormemente. Mais tarde, ele colocaria uma dessas músicas em uma cena-chave de seu filme* El dependiente.

Um dia, abri a porta da minha casa e vi, sentados no chão, o Bambino Veira com uma garota muito bonita que era sua amiga, e Toquinho e Vinicius ensaiando. Bambino era da turma, frequentava o La Fusa e uma vez também levou o jogador de futebol Roberto Perfumo. Ao me ver chegar, Vinicius me cumprimentou dizendo: "Este é o meu chefe, o dono da casa." E a moça, espantada, retrucou: "Mas essa é a casa do Bambino. Outro dia ele me trouxe aqui." Eu não sabia como sair dessa, e disse que ele tinha emprestado a casa para mim.

Numa noite de estreia no La Fusa, toda a turma estava junta, sentada no chão ou em banquinhos bem baixinhos: eu, Bambino, Libertad. Uma hora, acenderam as luzes e Vinicius disse: "Quero cumprimentar uma amiga que é uma excelente atriz, e que, além disso, é bonita por fora e por dentro." Lá também estava a Graciela Borges, que, ao ouvir isso, começou a sorrir e mexer a cabeça de um lado para o outro. Vinicius concluiu dizendo: "e se chama Libertad Leblanc." A expressão de Graciela havia se transfigurado.

Gesse adorava Libertad. Ela dizia: "Parece um pintinho, Fred, assim desse jeito: tão branca, loira, bonita. Dá vontade de pegar ela na mão e fazer carinho." Por sorte, se entenderam desde o começo, porque eu tinha medo de que fossem como água e óleo. Isso tornava tudo muito mais fácil, e o Vinicius estava bem, tranquilo, contente.

Em 1962, quando cheguei ao Rio como presidente da Paramount, me avisaram que Osvaldo Rocha, nosso diretor de publicidade, estava passando por um choque nervoso porque sua filha, de 18 anos, havia fugido para Paris para morar com um sátiro que era funcionário do Itamaraty na Unesco e se chamava Vinicius de Moraes. Eu não sabia quem era. Depois, Osvaldo Rocha comentou que o sátiro havia sido cônsul na Califórnia, que gostava muito de cinema e que havia frequentado figuras importantes de Hollywood. Ou seja, conheci Vinicius por meio de seu sogro. Depois, ele se deu muito bem com os Rocha. Tanto que, com o tempo, quando atravessavam uma época difícil, viveu com Nelita e os sogros no apartamento da família em Copacabana.

A temporada na Unesco foi quase um exílio para Vinicius, que a partir do golpe militar teve uma relação muito conflituosa com a chancelaria. Ele já tinha idade para ser nomeado embaixador, mas, ao voltar de Paris, foi muito relegado. No entanto, e apesar de tudo, tinha claro que devia se aposentar como membro da diplomacia, porque sua única renda fixa vinha daí. Mas, além da mudança política, o alcoolismo jogava contra ele.

Depois que Vinicius voltou ao Rio, um dia, fui buscá-lo de táxi na casa dos Rocha, em Copacabana. Durante todo o nosso trajeto, não fizemos outra coisa além de falar de cinema, e com isso ficamos amigos. Eu gostava de ir de táxi com ele para as favelas. Num desses passeios, ele me apontou um bar, o Zum Zum, onde tinha muita vontade de montar um show com o Caymmi e o Quarteto em Cy. Eu disse a ele: "Mas é um bar de bêbados, de gente que pergunta aos gritos onde é o banheiro. Sua música é intimista, você com o violão." Ele respondeu que o problema não era esse e sim a decisão que tomaria. Lá, eu o vi duas ou três vezes. Era fantástico. Não fazia dois shows iguais.

Depois do sucesso teatral de Orfeu da Conceição, *Vinicius queria muito fazer um musical na Broadway com a obra. Comentou que Sidney Poitier estava superinteressado em fazer o papel principal. Eu disse que Harry Belafonte me parecia o mais indicado. Como Vinicius não tinha uma tradução para o inglês, perguntou se eu poderia fazê-la, e de fato acabei fazendo. Foi bem difícil porque a obra está escrita em versos e, embora não tenha rimas, tem muito ritmo próprio. Também não foi fácil traduzir as gírias do texto. No fim das contas, fiz a tradução, mas o musical terminou não sendo realizado.*

Durante os anos em que morei em Buenos Aires, minha casa estava aberta para ele. Dava entrevistas de dentro da banheira, com a porta do box semiaberta para verem apenas seu rosto e os ombros. Na primeira vez em que ficou lá, quis me dar dinheiro para os gastos, perguntou se eu alugava. Eu disse que a casa era minha e que ele não precisava pagar nada porque era meu convidado.

Vinicius dizia que tinha um ímã para atrair chatos. "Presta atenção", falou uma vez quando entrávamos no Edelweiss, "você vai ver como rapidinho eles vão vir para perto de mim". Foi incrível porque, realmente, ao ouvi-lo falar, algumas pessoas (que não sabiam de quem se tratava) foram à mesa para perguntar de onde ele era e coisas do tipo. Mas ele tinha um magnetismo especial que, além dos chatos, atraía as pessoas de maneira geral.

Vinicius gostava do bom uísque, dos encontros festivos com certos pesos-pesados da literatura (Neruda, Drummond, Bandeira), das belas mulheres, de contar como se vinculou a Orson Welles, de dizer num tom quase descuidado que conhecera Marlene Dietrich em meio à escuridão, o tabaco, o álcool puro e a seda de uma suíte na Rive Gauche, de ser um discreto encantador de salão, de estar entre atores e diretores de cinema, de rodear-se de gente, de viver em Paris, da *belle vie*. Tinha um grande encanto pessoal. Se em parte era mundano, era também solitário, introspectivo, dado a fantasias e divagações. Incapaz de reter amores, dinheiro, posses. Tímido, muito perceptivo, muito sensível, inconscientemente autodestrutivo, depressivo, alcoólico.

Vinicius de Moraes viveu atormentado pelo olhar e pelas críticas dos demais poetas de sua geração, que o batizaram, com desdém, de Poetinha. Na segunda metade da vida, deu as costas para eles e abraçou o canto com uma voz que levava as marcas do cigarro, da bebida e de tantos uivos noturnos. Tornou-se famoso, mas havia algo nele que continuava a pedir reparação.

Vinicius foi muito amado. Mas sua insatisfação era sempre mais forte.

Amamos tanto Vinicius

Diz Marta:

Só pode haver um Vinicius no Brasil, com sua doçura, sua tranquilidade, sua maneira de desfrutar a natureza. Era infalível: jamais o vi faltar a um show nem deixar ninguém decepcionado. Quando exagerava na bebida, ia dormir. Era um esteta. Essa química que ele conseguia com as pessoas é um mistério. Eu vi homens de dois metros aos prantos nos shows dele. Muito pouca gente pode produzir esse desbunde, essa capacidade de apagar os limites artificiais entre as pessoas. Vinicius percebia a alma do outro: desmanchava o que era artificial e atingia o lugar mais profundo. Estava além das banalidades; tinha um nível intelectual muito elevado. Foi a primeira pessoa que me incentivou a escrever: me deu dois gravadores de presente, uma máquina de escrever Lettera igual à dele, duas máquinas fotográficas. Tudo para a comunicação. Ele publicou o meu primeiro livro de poemas. Tivemos muita afinidade intelectual e afetiva. O melhor poema que fiz, escrevi para ele. Lembro que dei num dia em que o estava levando ao aeroporto de Ezeiza, e depois ele o incluiu no disco Antología poética. *Em um aniversário meu, fui para a casa dos meus pais e alguém tocou a campainha. Felizmente eu estava para atender – digo isso porque meus pais ainda não sabiam muito bem da minha relação com o Vinicius. Era de uma floricultura. Traziam um ramo com onze rosas e um cartão que dizia: "Para Martinha, a flor número 12. Feliz aniversário. Teu Vinicius."*

Bambino Veira, que naquela época (1970) era um dos astros do futebol argentino, vestindo a camisa do clube San Lorenzo de Almagro, fazia parte do grupo que ia sempre para o apartamento do bonachão e mundano presidente da Paramount Pictures Company na Argentina. Algumas vezes de carro, outras a pé, Bambino conhecia de cor as vinte quadras que separava o La Fusa da esquina da Las Heras com a Coronel Díaz. Lá, esperavam o amanhecer cantando. Diz o ex-jogador:

Vinicius transmitia tanta paz! Eu ia quase todas as noites ao La Fusa para escutá-lo. Depois seguia com ele e Toquinho até a casa do Fred. Sentávamos em círculo no chão, Vinicius sempre no centro. Então começava a cantoria, que geralmente durava até começar a clarear. Eu era muito novo, tinha 24 anos, e tudo aquilo me parecia incrível. Foi Fred que me levou ao La Fusa pela primeira vez. Ele adorava receber gente em casa. Lembro que tinha hospedado parte das Bluebell Girls, que estavam em Buenos Aires fazendo um espetáculo ao estilo Folies Bergère.

Naquela época eu morava com meus pais em Barracas. Alguns domingos, Fred ia comer lá em casa porque minha mãe cozinhava que era uma beleza, e ele podia ir acompanhado, por exemplo, da atriz que fez a Mulher gato. *Quando ia sozinho, muitas vezes voltava andando para casa. "Você está louco, são uns 60 quarteirões!" Eu dizia. "Eu gosto de caminhar", ele respondia. Mas, voltando ao Vinicius, ele sabia escutar, te fazia opinar. Lembro que uma vez nos contou como decidiu escrever "Garota de Ipanema" ao ver uma moça passando com a mãe.*

Ele era um homem tão tranquilo. Sentava no sofá do Fred, com o uísque e o gelo, e ficava. Nunca estava com pressa. E pensar que agora perdemos até esse costume tão bonito do vermute, de tomar um drinque no fim da tarde. Estamos sempre voando.
Vinicius casou nove vezes. Como Sinatra! As mulheres o idolatravam porque era inteligente e sabia falar. E era um poeta. Quando fui técnico do Cádiz, conheci Rafael Alberdi e ele, que também era poeta, tinha uma mulher muito mais jovem.
Vinicius não se vestia para seduzir, andava de qualquer jeito. O encanto se dava ao ouvi-lo falar.
Uma tarde, quando Fred voltou do trabalho, Vinicius, Toquinho e Marília Medalha estavam ensaiando, todos sentados no chão, como de costume. Eu tinha levado a Catherine Rouvel, que estava em Buenos Aires para o lançamento do filme Borsalino. *Aí aconteceu uma coisa engraçada: ela pensava que eu era o dono da casa, e Fred, que é um grande anfitrião, não desmentiu. O que mais me ficou de Vinicius foi sua calma, a paz que transmitia.*

Conta Astrid de Ridder, que apresentou Vinicius a Silvina Muñiz:

Tinha poesia em sua maneira de falar. Ele não tinha sido um bom diplomata nem um bom poeta nem um grande músico: a obra era ele, ele era uma obra viva. Vinicius era transbordante. Não era o tipo de homem de que uma mulher pode mudar a vida, mas seus maiores entusiasmos eram as mulheres, o amor e a vida. Era tão atraente em sua maneira de falar; estava sempre com vários drinques a mais e tinha muita nobreza com suas mulheres. Alguns anos depois, no Rio, minha amiga Renata Dechamps me apresentou a Nelita, ex-mulher de Vinicius. Fomos ao apartamento dela, em Copacabana, com uma vista esplêndida. Tinha quadros muito bons. Tudo havia sido deixado por Vinicius. Nelita me disse que Vinicius era a pessoa que ela mais amava e respeitava no mundo, porque tinha sido um cavalheiro até o último momento. Não o conheci apaixonado, mas, segundo Nelita, era fantástico. Quando terminava a magia, pegava suas coisas e ia embora. Suas ex o amavam. Era muito dedicado à mulher porque era o que mais lhe importava no mundo. Um dia, me disse: "Eu não tenho nenhum problema para fazer dinheiro. Para mim, importam outras

coisas: poder ter uma boa relação, uma relação harmônica com alguém, com amor. Isso é muito difícil de se ter por muito tempo. Quando me separo, deixo para as minhas mulheres a casa, saio com a roupa do corpo e começo de novo."
Eu adorava estar com ele, largava tudo quando ele vinha. Com Vinicius era tudo espantoso, porque sempre lhe ocorriam coisas inacreditáveis que ele levava com muito humor. Ninguém queria perder a oportunidade de estar com ele, porque era tão divertido, cheio de ideias, tão doido; por isso andava sempre rodeado de gente, embora não fosse nada egocêntrico. Quando estávamos em alguma reunião, Vinicius gostava de segurar minha mão. Eu tinha um namorado, com quem depois me casei, que ficava furioso e me dizia para não fazer isso. Eu sempre respondia a mesma coisa: "Não largo a mão de um poeta de jeito nenhum! Mas de um jogador de polo, largo!"
Uma parte da Casapueblo, onde Vinicius ficou muitas vezes em Punta del Este, tem o nome dele. Fazia uma ótima dupla com o Carlitos Pérez; os dois eram artistas de si mesmos. Algumas vezes o acompanhei à casa de María Rosa Oliver, que também era amiga do meu irmão Marcelo. Longe de uma conversa cultural, o que ocorria era uma coisa engraçada: ficavam gozando um com a cara do outro. Depois os tempos mudaram, o Di Tella acabou, vieram os militares. Tudo ficou muito ruim.
Comemoro por ter conhecido Vinicius porque ele me fez viver uma realidade preciosa que durou nem sei quanto tempo.

Conta Horacio Molina:

Ninguém pode imaginar como ele era quando estava apaixonado por Marta. Era como um bebê: não tinha um olhar luxurioso, era todo platônico. Lembro quando, entre as piadas e histórias que contava, ele declarou seu amor a Marta no teatro El Nacional. Tinha grande espiritualidade e era muito positivo. No dia a dia não havia intelecto nele, não era do seu feitio citar fulano ou beltrano. Filosofava, mas a partir do cotidiano.

Depois do golpe de Estado de 1976, preventivamente, Renata Schussheim viajou com o filho para o México. Seu ex-marido, o ator

Victor Laplace, havia abandonado a Argentina quase dois anos antes, depois de ter recebido inúmeras sentenças de morte assinadas pela Tres A.

Além disso, Renata saiu de Buenos Aires porque não dava mais para dormir, almoçar, tomar banho ou qualquer outra coisa em sua casa. Ela e seu filho pequeno viviam na rua Julián Álvarez, quase ao lado de uma delegacia, e os gritos de dor que ouviam de lá eram enlouquecedores. Conta Renata:

> *Fiz uma exposição no México depois de 1976, e na mesma ocasião Vinicius e Marta chegaram em uma turnê com Simone e Toquinho. Fomos convidados para um coquetel da campanha de um candidato do PRI. Tudo era ostentação: pequenas estátuas de jade, talheres de ouro. Eu e Vinicius ficávamos calculando quanto tempo poderíamos viver se vendêssemos dois garfos daqueles. Essa semana com ele lá foi realmente de luxo. Antes de ir embora, quando estávamos nos despedindo, ele disse: "Se você ou seu filho tiverem algum problema, me mande uma carta e eu vou ajudá-la." Tenho tanta saudade dele.*

Para o catálogo de uma dessas mostras, Vinicius escreveu: "[...] Renata é uma mulher que vive e faz arte em alta frequência, consciente da tragédia em que foi envolvida sem seu consentimento, mas ao mesmo tempo espalhando estrelas ao longo do caminho que escolheu rumo à beleza total. Perdida na embriaguez de seus contrários, o clima a seu redor é o da neurose consentida: neurose do belo e da poesia em que se move e cria; e clima de lírica nostalgia de um tempo em que tudo era magia e sensibilidade. Fetiche de si mesma, Renata é uma viúva negra enredando-se cada vez mais nas teias com que também envolve seus comparsas e personagens, a quem, por fatalidade de sua condição, ama e devora até a última partícula de substância. Um ser terrível de beleza, amor e doce ferocidade. Cidade do México, 13 de setembro de 1976."

Para uma revista de arte do México, Vinicius escreveu esta crítica da obra de Renata: "Renatíssima. As palavras que ficam na moda e começam a representar tudo o que a classe média tem de convencional quando quer passar por inteligente me produzem uma idiossincrasia espontânea. Sei que isso é uma estupidez da minha parte, porque não se pode culpar as palavras pelo convencionalismo de ninguém. Por exemplo, a palavra *mágico*. Ou a palavra *onírico*. Ou, ainda mais, a palavra *surrealismo* ou *super-realismo* como querem os puristas. No entanto, essas palavras parecem tomar um banho de pureza quando se trata de aplicá-las à arte de Renata Schussheim. Parecem revestir-se de sua conotação mais íntima, e ao mesmo tempo infantil, sempre que se impõem para significar o mundo em que se move uma mulher tão atualizada na cultura, mas que sabe se manter menina em seus atos e seu comportamento, e que poderia ser, ao mesmo tempo, bicho felino, ave de rapina e flor carnívora, se não fosse pela saudade que sente por não ter nascido na década de 1920 e dançado um *ragtime* de Scott Fitzgerald, levemente embriagada de Pernod, ao som das alegres *jazz bands* da época, envolta em véus e plumas, e fumaça aromática saindo em espirais de longas boquilhas de marfim. Seu desenho é como ela, e ela é para mim um dos seres mais belos (por fora e por dentro) que me foi dado conhecer e amar neste mundo feio, neurótico e violento em que vivemos."

Adeus, Buenos Aires

Represión a la vuelta de tu casa
Represión en el quiosco
de la esquina
Represión en la panadería
Represión
venticuatro horas al día.

Represión en pizzerías
Represión en confiterías
Represión en panaderías.
Los Violadores - Represión

Provisoriamente não cantaremos o amor
Que se refugiou mais abaixo dos subterrâneos
Carlos Drummond de Andrade

Depois da turnê pela Europa, em fevereiro de 1976, Vinicius e Toquinho chegaram ao Uruguai para uma série de shows em Montevidéu, Piriápolis e Punta del Este. Estavam acompanhados da cantora cearense Amélia Colares, do pianista Tenório Cerqueira Jr., do baixista Azeitona e do baterista Mutinho.

Aquele não era um verão qualquer em Punta del Este. Naquele mesmo lugar, um ano antes, Marta e Vinicius haviam se conhecido, e agora estavam de volta comemorando seu primeiro aniversário. Marta, porém, havia vivido tão vertiginosamente o ano de 1975 que, para ela, era como se tivessem se passado dez anos. Estava feliz com Vinicius, os músicos e sua vida nova. Ao pensar na jovenzinha que, no verão anterior, subira pela primeira vez num avião, parecia ver uma parente distante ou alguém que mal conhecia.

Laura, a amiga-confidente-cupido-colega de faculdade, havia conhecido o poeta Ferreira Gullar por meio de Marta e Vinicius. Os dois também foram flechados de imediato. Gullar era um homem de meia-idade com um rosto anguloso e de feições indígenas que, sem maiores preâmbulos, acendeu a chama da paixão em uma moça de vinte e poucos anos, de baixa estatura e carinha de bebê.

Gullar estava totalmente sozinho em Buenos Aires. Era um escritor brasileiro que simplesmente esperava que os dias do exílio passassem. Laura foi uma peça importante no acabamento do *Poema sujo*, a extensa obra em verso que ele escreveu trancado em um apartamento da avenida Honorio Pueyrredón.

As coisas não podiam estar melhores: as duas amigas, Marta e Laura, namorando os dois amigos, Vinicius e Ferreira Gullar.

Mas Marta sabia que, em casa, a mentira estava com os dias contados: de um jeito ou de outro, seus pais acabariam sabendo e isso poderia ser bem pior. Era preciso falar com eles. Mas como? Então se deu conta de que a menina que um ano antes vigiava a chegada de Vinicius na porta de El Mejillón não era uma parente distante. Era ela mesma.

Saíram do Uruguai para fazer os três shows agendados no teatro Gran Rex de Buenos Aires. Agora que estava com Marta, Vinicius não queria continuar como um turista no hotel República e decidiu morar num apart-hotel, porque teria algo parecido com a intimidade de um lar. Alugou um *flat* na rua Marcelo T. de Alvear, próximo ao Bajo. Esse seria o endereço portenho do casal. Os músicos, por sua vez, já tinham reserva em um hotel do centro.

Vinicius vinha cheio de gás da turnê pela França e Itália, onde a crítica só lhe fizera elogios. No Uruguai, a imprensa também fora receptiva. Mas, em Buenos Aires, considerando o que havia ocorrido nas duas turnês anteriores, sabia que as coisas poderiam ser diferentes.

Na Argentina, a inflação vinha disparando fazia quase um ano, o que afetou fortemente todos os setores da economia, inclusive o de entretenimento. Contudo, contrariando os prognósticos, os ingressos para os shows de Vinicius se esgotaram, a ponto de marcarem duas outras apresentações, que poderiam, aliás, ter sido mais, não fossem os compromissos que alguns músicos já tinham no Brasil.

O último show foi no dia 17 de março e, embora Vinicius não soubesse, seria sua despedida definitiva dos teatros portenhos.

O jornal *Clarín* escreveu este comentário sobre uma das apresentações: "Vinicius de Moraes, com sua cuidada simplicidade de quem está em casa, reduz a pó toda ideia prévia do que seja um espetáculo. Se não fosse pela dimensão do teatro, todos os espectadores se sentiriam na sala de sua casa conversando com ele. Seus goles de uísque e seus cigarros convidam a nos identificarmos com sua plácida contemplação do mundo, a admitir como bom e interessante tudo o que diz, mesmo que às vezes não seja, e a amar o que ele ama. Jamais lhe ocorre brigar com alguém. É um homem de amor e inteligência, dois ingredientes que raramente aparecem juntos nas casas de espetáculo. Não é, evidentemente, um bom cantor, e ele sabe disso melhor do que ninguém. Mas isso não o impede de comunicar-se cantando, ou melhor, sussurrando os versos hedonistas e sentimentais ritmados em bossa nova."

O artigo mais crítico e detalhado daqueles shows apareceu no jornal *El Cronista Comercial*: "Vinicius reiterou a estrutura coloquial e mediana de seu show, em que os pausados e extensos monólogos o têm, indefectivelmente, como protagonista principal. As novas músicas apresentadas pelo autor de 'Garota de Ipanema' ('Regra três' e 'Se ela quisesse') são escassamente imaginativas. O trabalho de Toquinho foi igualmente opaco. A única coisa que se salva é o bom nível técnico na execução de seu violão. Mas o espetáculo apresentou uma revelação que surpreendeu muitos espectadores: o excelente trabalho de Tenório Jr. O pianista, além de acompanhar de maneira eficaz, executou uma brilhante composição que, paradoxalmente, constituiu-se na mais autêntica expressão da música contemporânea brasileira."

Apesar do tom mais negativo deste último artigo, os ventos eram favoráveis e as coisas, enfim, começavam a se encaminhar: Buenos Aires, a vida com Marta no apart-hotel, Toquinho com apresentações imediatas no Brasil, o sucesso entre o público fiel, que desafiava a crítica e até mesmo a inflação, o lançamento do livro de poemas de Marta.

Mutinho, Azeitona e Tenório já eram conhecidos do público argentino por terem acompanhado Vinicius em outras turnês. Como gostavam de Buenos Aires, decidiram ficar até o dia 20. Além disso, Tenório estava acompanhado de uma amiga, a quem queria mostrar a noite da cidade que não dorme.

Tarde de sábado 18 de março de 1976. Salinha de jantar do apart-hotel em que Vinicius e Marta moravam.

– Não, Marta, não se mexe. Fica assim só mais um pouquinho – ordena Renata.

– Me deu uma vontade louca de espirrar. Acho que é pelo ar-condicionado. Mas sem ele a gente fica desidratada.

– Ok, vai lá. Espirra que eu estou quase terminando.

Toca o telefone.

– Renata, espera um segundinho que eu tenho que atender. – Marta levanta e caminha até o telefone. – O Vinicius está dormindo.

– Ai, logo agora esse telefone!

– Oi! Ah, Toco é você. Estou com a Renata, ela está fazendo um retrato meu para colocar no livro. O Vinicius foi dormir tem uma hora. Mas o que aconteceu? Está bem, vou lá chamá-lo. Espera.

Marta apoia o telefone como em câmera lenta para não fazer barulho e para não atentar à sua intuição de que alguma coisa aconteceu, alguma coisa que, pelo tom de voz de Toquinho, ela sabe que é ruim. Enquanto fala entrecortadamente com Renata, dirige-se ao quarto para acordar Vinicius. Renata continua olhando o retrato quase pronto, totalmente alheia à conversa de Marta.

Enquanto caminha para o quarto em que Vinicius dorme, Marta fala para Renata:

– É... é o Toco. Não sei o que está acontecendo.

Já no quarto, com a mão esquerda apoiada na cabeceira da cama e com a direita revolvendo lentamente o cabelo de Vinicius para despertá-lo:

– Vina! Vina!

– Oi! – responde Vinicius, sonolento.

– Toco está no telefone e quer falar com você. Não quis me dizer...

Vinicius, que entende perfeitamente o que a mulher lhe diz, levanta-se dando um impulso desajeitado com a perna, como uma criança que tenta dar uma cambalhota. Passa a mão pela cabeça para alisar o cabelo. Meio aos tropeções, chega ao telefone e grita:

– Oi! Toquinho. – Depois de alguns segundos, quase como num sussurro. – Merda! – Desligando o telefone e se dirigindo às mulheres em um tom frio, seco. Fala quase abaixo do nível normal de audição. – Tenorinho desapareceu.

Tenório Cerqueira Jr., um pianista brasileiro reconhecido no mundo do jazz, desceu de seu quarto no hotel Normandie, na avenida Corrientes, para comprar alguma coisa (uns dizem aspirina, outros sanduíche, outros maconha). Na esquina com a Rodríguez Peña, colocaram-no em um Falcon sem placa. Dali, foi levado à delegacia da rua Lavalle e depois (e definitivamente) à Escola de Mecânica da Marinha, onde, segundo testemunhas, recebeu um tiro de misericórdia do capitão Alfredo Astiz.

Tenorio era casado, tinha quatro filhos e aguardava a chegada de um quinto.

É difícil imaginar como sua esposa e seus filhos terão feito para entender o que estavam vivendo, o golpe que os havia atingido e que seria um estigma para o resto de suas vidas.

Quando Tenório foi sequestrado, Eric Nepomuceno ainda estava exilado em Buenos Aires e via Vinicius com certa frequência. Ele lembra o clima do momento:

Naqueles dias, Vinicius procurava o Tenório como um louco pela cidade. Seu desaparecimento foi um peso enorme para ele. Ele mobilizou tudo que esteve a seu alcance para encontrá-lo, e há documentos que dizem que mentiram para Vinicius na embaixada porque um funcionário teria visto o Tenório morto.

Há uma versão sobre o sequestro que diz ter havido um Tenório Júnior que era um marinheiro brasileiro militante de uma organização armada que tinha ordem de captura em Buenos Aires. Segundo essa versão, quando o músico se identificou, foi confundido com esse outro Tenório Jr. Mas a verdade é que, antes mesmo de ser identificado, ele foi levado pelo jeito como estava vestido.

Vinicius ia para a embaixada brasileira em Buenos Aires e voltava muito frustrado. O que iam dizer para ele? Ele estava chorando na catacumba errada. Quando fui lá com minha mulher e meu filho de um ano pedir asilo, depois do golpe de 24 de março, tive o pedido negado. E nem mesmo eles dois foram atendidos.

Enquanto Rodolfo Souza Dantas esteve em Buenos Aires, fez muita coisa por Tenório, a pedido de Vinicius.

Um ano depois de fugir de Buenos Aires, encontrei Rodolfo em Madri, onde vivíamos. Ele não estava mais no consulado portenho. Agora era embaixador brasileiro em Luanda. Contou que ainda estava pedindo por Tenório. Eu disse a ele: "Esquece, eu estou vindo desse inferno." Como Tenório foi sequestrado antes do golpe e não foi reconhecido como preso, pode ter sido morto três dias ou três horas depois.

Talvez por esperança ou ingenuidade, Vinicius não se deu conta de que, além do inferno que se cozinhava na Argentina, a embaixada brasileira era uma sucursal invejosa desse inferno. Havia lá um sujeito que sonhava em fazer a mesma coisa no Brasil.

Sugestivamente, no Uruguai não circularam notícias sobre o sequestro do pianista que, apenas alguns dias antes, havia acompanhado Vinicius em Montevidéu e Punta del Este. Somente um ano depois, em fevereiro de 1977, Ricardo Lacuan veio a saber de seu desaparecimento pela boca de Vinicius, enquanto conversavam em uma daquelas longas tardes na casa do poeta em Punta del Este. "Eu tinha visto o Tenório na temporada de 1976 no San Rafael, mas aqui a imprensa não deu nada sobre o que tinha acontecido com ele em Buenos Aires. Soube que estava desaparecido porque o Vinicius me disse", lembra Lacuan. Ele se lamentava dizendo: "Pobre Tenório, não tinha nenhum problema com a política."

Marta Rodríguez Santamaría conhecera Tenório Jr. quase ao mesmo tempo em que conheceu Vinicius, em Punta del Este, em fevereiro de 1975. Antes da última turnê da vida do pianista, ela viajou, com o marido e todos os músicos, de Montevidéu para Buenos Aires.

Conta Marta:

> *Tenório era meio largado. Tipo John Lennon. Tinha uns óculos pequenos, o nariz adunco, era bonachão, atencioso com os demais. Eu tinha várias fotos dele, mas mandei para uma vidente. Sim, porque uma brasileira casada com um médico argentino amigo do Vinicius foi ver sua vidente para saber o que tinha acontecido com Tenório e tentar se conectar com ele. A vidente mandou nos dizer que o via no sul, rodeado de militares. Não lembro quando foi isso, mas depois de muitos anos soubemos pelas declarações de um torturador que Tenório foi assassinado quase dez dias depois do sequestro. Vinicius estava muito preocupado e sem saber o que fazer. A primeira coisa foi apresentar um pedido de* habeas-corpus *a um juiz conhecido de uma colega de faculdade. Dois ou três dias depois ocorreu o golpe e esse juiz foi exonerado, mas mandou nos dizer que não procurássemos mais o Tenório, porque quem procurava desaparecidos corria sério risco de também desaparecer, como aconteceu com Azucena Villaflor[9] e muitíssimos outros familiares de desaparecidos. Vinicius falou com seus conhecidos da Embaixada do Brasil em Buenos Aires, e a chancelaria interveio. Quando ele voltou ao Brasil também tentou fazer intervenções, e a família de Tenório também já tinha começado a agir.*

---

[9] Uma das fundadoras da Associação Madres de Plaza de Mayo, assassinada em dezembro de 1977 em um dos "voos da morte" da ditadura argentina, nos quais prisioneiros políticos eram jogados vivos de aviões militares. (N.T.)

Vinicius não vivia em um mundo à parte. Estava profundamente ligado ao que acontecia. Era muito perceptivo sobre a realidade, dizia que praticava um socialismo humanista, mas não era um Che Guevara. Eu o via muito preocupado e, o que é pior, sem saber como resolver isso, porque além de tudo muita gente apoiava o golpe.

Dois jornais portenhos publicaram um apelo de Vinicius para descobrir o paradeiro de seu pianista. Em 21 de março de 1976, saiu no *Última Hora*: "MÚSICO BRASILEIRO NÃO APARECE. Há pouco mais de uma semana, tivemos a oportunidade de assistir a um novo show de Vinicius de Moraes e Toquinho, que se apresentaram acompanhados de três músicos brasileiros já conhecidos de nosso público. São Azeitona, Mutinho e Tenório Jr.

Ontem, este último foi novamente notícia, mas, lamentavelmente, na crônica policial, porque há quase quatro dias está desaparecido. Segundo se soube, Francisco Tenório Cerqueira Júnior, como é seu verdadeiro nome, abandonou o hotel em que estava hospedado com sua esposa e o resto do grupo com a intenção de comprar algo para comer. Desde então não se teve mais notícia de seu paradeiro. O fato ocorreu na quinta-feira passada, por volta das 3 da madrugada.

Vinicius de Moraes se dirigiu às autoridades judiciais em companhia de um advogado, apresentando um recurso de *habeas corpus*, esclarecendo que Tenório não tinha antecedentes políticos nem criminais. Também foi à embaixada de seu país, que se ocupará do caso. Entretanto, Toquinho e os outros músicos tiveram de partir para o Brasil para cumprir seus compromissos artísticos."

E, no mesmo dia, 24 de março, em uma pequena tira, o *La Razón* publicou: "VINICIUS DE MORAES SOLICITOU AJUDA PARA ENCONTRAR SEU PIANISTA. O compositor brasileiro Vinicius de Moraes solicitou ajuda às autoridades diplomáticas de seu país para a busca do pianista brasileiro Tenório Júnior, que na sexta-feira desapareceu em Buenos Aires, segundo informou a imprensa. Vinicius de Moraes disse que o pianista saiu do hotel em que os dois pernoitavam e não regressou."

O sequestro e o desaparecimento de Tenório em Buenos Aires mostraram até que ponto a vida pode ser absurdamente sinistra e dolorosa. Com o passar do tempo, também mostrariam a magnitude da perseguição humana que vinha sendo feita na Argentina, onde uma pessoa podia perder a vida simplesmente pela aparência.

Vinicius permaneceu em Buenos Aires com Marta até meados de abril. Chama atenção que, depois desse episódio, como que evidenciando uma tácita promessa interior, o poeta não tenha voltado a se apresentar nos teatros da cidade.

Quando embarcou para o Rio no aeroporto de Ezeiza, viajavam na sua mala as duas fitas cassete com Ferreira Gullar lendo o *Poema sujo*.

Em Vinicius, viajavam a dor e a impotência.

A alma inquieta de um pardal sentimental

Vinicius continuou morando um pouco em Punta del Este, agora em sua casa *Orfeu negro*, menos em Buenos Aires e, obviamente, no bairro da Gávea, no Rio de Janeiro. Martinha era sua companheira inseparável.

Vinicius começou a vinculá-la com diversos órgãos da imprensa escrita da Argentina e do Brasil. Foi assim que ela publicou sua primeira matéria na revista *Manchete*, uma reportagem sobre o marido. Depois, em Buenos Aires, saiu uma entrevista sua com Vinicius e o pianista Mono Villegas, premiada em um concurso de jornalismo. O vasto mundo já não era alheio a Marta. Brandia suas primeiras armas na imprensa, era a mulher de um mito vivente, havia deixado a existência previsível da moça que mora com os pais, estuda na universidade e trabalha. No entanto, havia uma questão pendente que sempre voltava, latejante, à sua consciência: já estava mais do que na hora de contar a verdade a seus pais.

Marta, porém, parecia não encontrar o momento adequado, e ocorreu o que tanto temia. Foram eles, seu pai e sua mãe, que foram ao apart e ficaram frente a frente com Vinicius.

Meu pai estava com o rosto vermelho por causa da pressão e Vinicius administrava a situação como um duque. Essa oposição familiar pesou muito em mim, embora meu pai tenha tido uma postura mais compreensiva, e meu irmão, nem se fala. Uma vez fomos até jantar no Pizza Cero: o Vina, um amigo dele, meu pai e eu. Em outra ocasião, antes de eu ir para o Rio no fim do ano, meu pai foi comigo comprar roupa para eu levar de presente para o Vina. Seja como for, parece que, por um lado, minha relação com ele deixou meus pais orgulhos, mas, por outro, sobretudo para minha mãe, sempre foi um fato conflituoso, traumático. Quando editei meu único livro, com a ajuda do Vinicius, dediquei a meu irmão e meus pais. Foi um orgulho para eles.

O episódio no apart serviu para que todo mundo se olhasse na cara e dissesse tudo o que tinha para dizer. Mas não apaziguou a relação com a mãe de Martinha. Longe disso: com ela não havia trégua.

Ao mesmo tempo, a vida cotidiana entre Vinicius e Marta foi se fortalecendo. Na casa da Gávea, ela se movia como soberana. Eram tão longos os períodos que passava lá que Laura, a cupido de Punta del Este, se mudou com eles. Para ter o suficiente para os gastos, tornou-se secretária de Vinicius. Na verdade, Laura também foi para o Rio de Janeiro porque, assim como Marta, não tolerava mais viver naquela Argentina de desfiles militares. Tanto foi assim que, quando o trabalho com Vinicius cumpriu o seu ciclo, Laura seguiu do Rio para os Estados Unidos, onde permaneceu.

Conta Marta:

Parecia inacreditável, mas sempre era eu que atendia a campainha quando chegava alguma mulher querendo tirar satisfação ou alguma coisa do tipo. Uma tarde, eu estava com a Laura na Gávea e tocaram. Vinicius não estava, ou estava dormindo. Fui atender e era a esposa do Ferreira Gullar, que queria falar com a Laura. Convidei-a para entrar e fui chamar a Laura. As duas ficaram conversando um tempo, não houve discussão. A mulher de Ferreira tinha sido atriz de teatro, se notava que era uma mulher culta e sabia como tratar as pessoas. Ela veio porque queria saber o que estava rolando entre seu marido e Laura. Mas, quando Ferreira voltou ao Brasil, a relação entre eles terminou. Talvez por isso, depois de um tempo, Laura tenha ido para os Estados Unidos. Para tentar começar de novo.

Numa outra tarde, eu estava sozinha enquanto o Vinicius dormia. Fui ver quem era. "Você é a Gesse!", eu disse. "Você é a Marta!", ela respondeu.

Sim, era a Gesse. Sem dizer nem sequer uma palavra, como por exemplo "licença", foi entrando na casa. E o que eu vi foi inacreditável. Começou a abrir gavetas, a inspecionar os cantos, e ao mesmo tempo tirava do bolso bonequinhos estilo vudu e os ia deixando em lugares que, segundo me pareceu, escolhia certeiramente. Depois de fazer o trabalho, foi embora como tinha entrado, sem dizer nada. Deixou os bonequinhos de presente. Quando Vinicius levantou, ainda bem que não viu Gesse, ficou feito um doido. Ligou na hora para a Mãe Menininha do Gantois para contar o que tinha acontecido. Ela explicou, bonequinho por bonequinho, como ele tinha de proceder. Embora uma das primeiras coisas que o Vinicius tenha me pedido foi que eu fizesse meu batismo no candomblé, nessa altura da minha vida a cena da Gesse era pouco crível. Para ele, não. Ele acreditava e sentia apreensão por tudo isso.

Fazia muito que Vinicius não escrevia músicas novas: desde o começo dos anos 1970. Na sua fantasia, comentava que retomaria a escrita quando estivesse em Punta del Este. Sua vida no Rio, com o início de uma longa temporada no Canecão, era tão agitada que não lhe sobrava fôlego para escrever. Mas, quando estava em Punta, Vinicius descansava. Simplesmente se deixava estar ao lado de Marta e do neto Tuca.

Entretanto, as idas a Buenos Aires eram quase obrigatórias. Um belo dia, sua filha Susana foi lá para visitá-lo e filmar um documentário que teve como protagonistas Vinicius, Marta, Ferreira Gullar, Tuca e outras poucas pessoas nas ruas portenhas. Diz Marta:

Susana não conhecia Buenos Aires, e eu a acompanhava pelo centro. Numa dessas saídas, pela região da praça San Martín, vi que o Borges estava passando, e falei isso para ela. Eu me afastei um pouco e ela imediatamente o alcançou, apresentou-se para ele e começaram a conversar. Nunca cheguei a ver esse documentário pronto, só algumas partes, quando ainda estava na etapa do processo técnico. Lembro-me de uma cena com o Vinicius e o Ferreira Gullar caminhando sozinhos em um entardecer de outono pela Costanera Sur. Lembro-me de outra em que falo muito irritada para a câmera porque Vina tinha saído do regime e eu dou uma bronca nele. Depois, não aguento mais e começo a rir.

Susana e eu já nos conhecíamos porque ela e Robert, seu marido, tinham morado um tempo na casa da Gávea.

Numa tarde fria de 1977, por intermédio da jornalista Odile Baron Supervielle, Vinicius entrevistou Jorge Luis Borges para o jornal *El Cronista Comercial*. Embora ele tenha pedido, Marta não quis acompanhá-lo. Lembro que Vinicius havia perguntado a Borges o que ele faria se estivessem para matar uma criança ou destruir o Louvre. A resposta não foi imediata: Borges ficou hesitando, como se estivesse pensando um tempo antes de responder. "Vina não gostou nada disso", conta Marta.

Apesar das novas experiências que vinha tendo no convívio com Vinicius, Marta continuava tímida e discreta. Às vezes, ela chegava a se esconder, como no dia em que Mario Mactas foi entrevistar Vinicius para a revista *Gente*. Ela não encontrou nada melhor para fazer do que ficar trancada no quarto. Enquanto isso, seu marido e o jornalista bebiam, riam e conversavam. Em pelo menos dois momentos Vinicius foi chamá-la, mas ela só saiu quando o jornalista, cansado de esperar, já havia deixado o flat.

Era tímida, sim. Mas, em algumas situações, parecia se sentir desconfortável, como se o papel de esposa de Vinicius de Moraes fosse muito grande para seus 25 anos.

Lá pelo final de 1977, Vinicius partiria para outra turnê europeia. Antes de embarcar para Roma, passou uns dias com Marta na casa de Chico Buarque. Foram poucos dias, mas com altas doses de prazer estético para Marta.

Em sua segunda viagem à Europa, Marta estava mais preparada que dois anos antes. Aquelas noites infinitas com Vinicius, em que Tom Jobim tocava apenas para eles "Urubu" em seu piano de cauda, vinham marcando profundamente a argentina. A pedido do marido, já havia começado as aulas de português com Maria Julieta Drummond de Andrade, no Centro de Estudos Brasileiros de Buenos Aires. Já tinha aprendido a diferença entre a música caipira e o samba. Já tinha lido Clarice Lispector, Drummond, Jorge Amado. Já sabia quem era Quincy Jones. Já tinha aprendido a comer peixe cru.

Vinicius tinha sido um bom professor e ela, uma boa aluna.

No final dos anos 1970, Vinicius tinha a saúde minada pelo álcool e a diabetes. Não havia regressão possível para os graves sintomas que o acometiam porque ele não estava disposto a mudar sua forma de vida. Embora tivesse 60 anos quando conheceu Marta, sua aparência era de um homem bem mais velho. Nos primeiros tempos, tudo isso pareceu não ter importância.

Passados os dois primeiros anos, Marta, que já tinha deixado a adolescência para trás, começou a imaginar sua vida a médio prazo. Foi então que tomou consciência de algo muito doloroso: não poderia realizar com Vinicius aquilo que imaginava, sonhava e queria para ela.

Teve de tomar a decisão mais difícil de sua vida: separar-se dele.

Lembra Helena Goñi:

Aí o Vinicius caiu em depressão. "Ah, eu adoro essa menina", ele dizia, aos lamentos. Mas era lógico: Marta queria ter filhos. Ela era jovem. Ele tinha muitos problemas de saúde.

Entre os dois, houve uma imensa relação platônica feita da admiração dela por ele, do intercâmbio intelectual entre ambos, e do estímulo e fascínio que ela exercia nele. Mas um casamento baseado exclusivamente nesses princípios tem os dias contados. O de Marta Rodríguez Santamaría e Vinicius de Moraes não seria exceção.

Curando a ressaca

Quase todos os dias, Vinicius ia comer no apartamento de Helena Goñi e Héctor Peyrú na rua Gelly y Obes, em Palermo Chico. Quando terminavam de almoçar, ela saía para a redação de *Gente*, onde trabalhava, e Vinicius ficava no apartamento com Peyrú e o filho mais novo do casal.

Quando Helena estava grávida, Vinicius pediu para que, se fosse menino, ela colocasse o nome dele no filho. "O que te deu na cabeça?" Reagiu ela. Mas meu primeiro nome é Marcos, retrucou Vinicius. Finalmente, o garoto teve outro nome escolhido pelos pais.

Naqueles almoços, Vinicius tomava vinho branco em generosas quantidades. Depois ia fazer a sesta na cama dos donos da casa. Na primeira vez, perguntou a Helena: "Qual é teu lado, Heleninha?" Ela o indicou. "Então quero dormir ali", disse, "para sentir teu cheiro". E deitava sempre no mesmo lado.

Foi numa dessas tardes que Vinicius teve a ideia de abrir um bar no Rio de Janeiro. "Se eu tivesse um bar", disse, sentado à mesa do apartamento, "só venderia bebida de muito boa qualidade e chamaria o lugar de Cirrose".

A ideia ficou dando voltas na cabeça de Peyrú. Quase dois anos depois, ele e seu sócio Martín Molinari inauguraram o Cirrose na rua Paul Redfern, em Ipanema.

Vinicius aparecia como sócio no empreendimento, colocando seu nome. Foi, portanto, um dos donos do bar, junto com os dois argentinos, que pensavam em ganhar muito dinheiro com o simples nome do poeta. Mas ele já não estava para essas coisas. Carlinga Rodríguez Santamaría também participou da aventura, dessa vez como *maître*.

Segundo as orientações do próprio Vinicius, o salão foi projetado seguindo a estética de um velho botequim carioca.

Em março de 1979, quando a jornalista Sara Tinsky o entrevistou em Montevidéu, Vinicius contou, exaltado, que estava montando "um *barcito*, o Cirrose, com dois amigos argentinos que se entusiasmaram com o nome". Deu o endereço à repórter e antecipou que estava pensando em fretar um voo para levar todos os amigos argentinos e uruguaios para a inauguração.

As revistas *Gente* e *Somos*, para as quais Helena Goñi escrevia, mandaram ao Rio fotógrafo e repórter para cobrir a primeira noite do bar. Lembra Helena:

As mesas eram de mármore, a louça e os talheres eram excelentes. Paulo e Eliane Jobim, filho e nora de Tom, foram os arquitetos. Susana, a filha de Vinicius, que era uma locomotiva, encarregou-se de encontrar o local. Ela foi quem mais se mexeu em todos os preparativos para a abertura do Cirrose. Peyrú e Molinari viajaram para o Rio em meados de 1979 para começar a montar o bar, mas não conheciam ninguém na cidade. Susana foi o braço direito para tudo: era uma mulher inteligentíssima e muito atraente. Sem ela não teria sido possível concretizar nada. Eu viajei com meus filhos que nem bem terminaram as aulas. Nesse mesmo dia, ao ver Susana, dei de presente o Love Bracelet da Cartier, com o desparafusador e tudo, que havia comprado especialmente para ela em Buenos Aires. Ela o colocou no mesmo minuto e não tirou mais.

Sem conhecer ninguém, fiz a assessoria de imprensa do bar e aparecemos na coluna social de vários jornais. Eu sabia que tinha de ficar bem com o Ibrahim Sued, um jornalista carioca da época, que era muito influente. Se ele aprovasse o Cirrose, muita gente iria, mas se não...

Abrimos em dezembro e no dia da inauguração foram muitos amigos do Vinicius: o ator italiano Adolfo Celi, Toquinho, a atriz Tônia Carreiro, Silvina Muñiz e Coco Pérez, Tom Jobim, é claro, assim como vários de seus filhos.

Mas Vinicius não era mais o mesmo. Em outubro de 1979, passeando pela Europa com Gilda Mattoso, sua última mulher, teve um derrame cerebral que lhe deixou sequelas visíveis não só no rosto como no comportamento, nos gestos e na fala.

Conta Helena Goñi:

Susana pedia para eu ir todas as tardes na casa dele na Gávea. "Vai lá", dizia ela, "porque se ele vir você, que é jovem e linda, pelo menos levanta e faz a barba". E lá ia eu, de ônibus, de Ipanema para a casa do Vinicius, na Gávea, com o trânsito infernal do verão do Rio. Todas as tardes víamos uma novela que paralisava o Brasil: Água viva. *A protagonista se chamava Paloma, eu me lembro porque o Vinicius me deu um livro dele e na dedicatória escreveu: "Para Helena, mãe de Paloma." Ele conhecia Camila, minha filha, desde que ela era bebê. Vinicius estava mal, de repente se perdia na conversa, tinha metade da cara torta.*

Nos sete meses entre a inauguração do Cirrose e sua morte, Vinicius nunca pôde cantar no botequim. Ricardo Lacuan, que tocava violão por lá, não conseguiu satisfazer seu desejo de acompanhá-lo no Rio.

Em março de 1980, um segundo acidente vascular cerebral obrigou Vinicius a se submeter a uma intervenção cirúrgica. Segundo os médicos, o poeta superou a operação com êxito, mas seu comportamento era cada vez mais instável.

Porém, sua saúde não era o único problema. Os sócios argentinos do Cirrose foram muito pouco sensatos na hora de calcular os gastos e os possíveis lucros do lugar. Quando Vinicius morreu, como conta Helena Goñi, Peyrú e Molinari fecharam o bar, jogaram a chave no esgoto e nunca mais deram as caras. Foi a família de Vinicius que teve de fazer frente às dívidas.

Batucada triste

Na madrugada de inverno em que chegou ao Rio, Ricardo Lacuan tinha 18 anos. Foi em 1977. A partir de então, começou um sem-fim de idas e vindas entre Montevidéu e Copacabana. "Eu sempre vivi olhando para o Brasil", confessa. "Quando pisei no Rio pela primeira vez, vi liberdade, mas também muito consumismo e americanismo na juventude carioca."

Da série de shows que Tom Jobim, Vinicius, Miúcha e Toquinho realizaram no Canecão, Lacuan se lembra das improvisações que Tom gostava de fazer nos espetáculos. Revisitando letras antigas, ele falava de um Rio que, após tantas mudanças, tornara-se desconhecido para os que inventaram a bossa nova e declararam o amor à cidade em canções eternas.

Conta Lacuan, que assistiu a vários shows no Canecão:

> *Tom gostava de cantar pedacinhos de letras diferentes, meio se fazendo de poeta. Em 1978, ele fez isso com "Carta ao Tom 74", que Vinicius e Toquinho haviam escrito se lamentando sobre esse Rio de amor que se perdeu. Tom alterou a letra e disse: "Rua Nascimento e Silva 107/ eu saio correndo do pivete/ tentando alcançar o elevador/ minha janela não passa de um quadrado/ a gente só vê Sérgio Dourado/ onde antes se via o Redentor."*

Sérgio Dourado foi um importante construtor responsável por inúmeros blocos de concreto que mudaram a paisagem do Rio de Janeiro.

O último sobrevivente daquele Rio de amor, Vinicius de Moraes, morreu na banheira de sua casa na Gávea na madrugada de 9 de julho de 1980. Tinha 66 anos e estava trabalhando com Toquinho na gravação do disco infantil *A arca de Noé*.

Conta Lacuan:

> *O enterro era dor, mas também um evento social. Em um momento vi Nacho Suárez, que foi o diretor do programa em que ganhei o festival Estudiantina 76. Ele disse que ia me entrevistar. Eu estava muito triste e de repente ouvi: "Ei, põe ele de lado, se não só dá pra ver o nariz." No meio do Rio de Janeiro, eu me sentia como se tivesse sido atropelado por um ônibus. Só disse a ele que estaria muito mais triste se não acreditasse na vida depois da vida, e fui para outro lado.*
>
> *A única pessoa que vi morta foi o Vinicius, porque o velaram descoberto. Despedimo-nos dele cantando "A felicidade".*

Quando Renata Schussheim ficou sabendo da morte de Vinicius, só atinou em fazer duas coisas: ligar para Daniel Divinsky (que estava em Caracas e até então não sabia o que tinha acontecido) e para Marta.

Uma hora depois, as mulheres se reuniram e choraram muito. Conta Renata:

Quando ele morreu senti uma desolação. Dois ou três dias depois aconteceu uma coisa estranha: ele apareceu para mim. Somente duas pessoas apareceram para mim depois de mortas: meu avô e Vinicius. Depois de um tempo, falei isso com o Toquinho e suas sensações foram muito diferentes. Contou que o grupinho dos mais próximos se reuniu e, como fazendo um funeral, choraram até ficar sem forças. Depois disso seguiram em frente sem saudades. Nós somos diferentes, somos mais tango. Eu tenho muita saudade do Vinicius. Às vezes penso como eu gostaria de poder falar com ele hoje.

Dois empresários da cultura foram chave na divulgação, não só em nível regional, mas também mundial, da obra poética e musical de Vinicius de Moraes: o produtor Alfredo Radoszynski e o editor Daniel Divinsky. Ambos argentinos e portenhos, os dois abandonaram o país depois do golpe de Estado de 1976. Alfredo porque "não aguentava mais viver aqui", e Divinsky porque, junto à mulher, foi preso político durante dois meses. Tiveram a sorte de que o então presidente da Feira do Livro de Frankfurt, casado com uma argentina de Córdoba, intermediasse seu exílio. Passaram sete anos em Caracas.

Lembra Radoszynski:

A ditadura eu não podia mais suportar, e fui com minha mulher e meus filhos para o Rio. Um tempo depois, tivemos que viajar para a Europa porque eu estava procurando trabalho. Antes da nossa partida, Gilda, a última mulher de Vinicius, ligou para dizer que ele queria falar conosco. Me pediu para ligar quando voltasse. Combinamos isso.

Estando com minha mulher e minha filha no metrô de Barcelona, lemos no jornal de outro passageiro: "Morreu o poeta Vinicius de Moraes." Raquel desmaiou. Minha filhinha não sabia o que fazer; ligaram para um médico de emergência.

Naquela noite tínhamos um churrasco na casa de amigos argentinos; acho que estávamos no dia 9 de julho. Quando as pessoas chegavam, invariavelmente me diziam: "Puxa, Alfredo, o Vinicius! Como?" Ninguém conseguia começar a comer. Então tive a ideia de colocar o disco que eu tinha gravado, e choramos tudo o que tínhamos para chorar. Lembro que eu disse: Gente, já choramos. Vinicius teria preferido outra coisa. Vamos comer e lembrar as coisas boas e alegres dele. E não sei que milagre nos acalmou. Foi como um remédio ter escutado o disco.

Daniel Divinsky, por sua vez, guarda até hoje, inexplicável e milagrosamente, um frágil objeto de vidro.

Era a primeira Feira do Livro de Buenos Aires e Vinicius havia autografado exemplares de suas obras no estande da Ediciones de la Flor. Um redemoinho de gente se juntou em torno do poeta. O editor sabia que devia garantir com antecedência o destilado de Vinicius. Porém, o único bar que havia na Feira tinha pouco ou quase nada. Trouxeram o uísque em um copo "horrível", como disse Divinsky. Terminada a jornada, o editor convidou Vinicius à sua casa para continuarem bebendo e conversando um pouco. Vinicius saiu da Feira, subiu no carro do empresário e chegou à casa dele com o copo horrível na mão.

No apartamento do editor, a bebida era de qualidade: mais cedo, sua mulher havia passado na casa dos pais para pedir emprestada uma garrafa de uísque importado.

O copinho dos brindes de Vinicius na primeira Feira do Livro de Buenos Aires está intacto, esperando ser usado novamente.

Saravá!

Epílogo

Sei lá... a vida tem sempre razão

LETRA: VINICIUS DE MORAES

MÚSICA: TOQUINHO

Tem dias que eu fico
Pensando na vida
E sinceramente
Não vejo saída
Como é, por exemplo,
Que dá pra entender:
A gente mal nasce,
Começa a morrer
Depois da chegada
Vem sempre a partida
Porque não há nada sem separação

Sei lá, sei lá
A vida é uma grande ilusão
Sei lá, sei lá
Só sei que ela está com a razão.

A gente nem sabe
Que males se apronta
Fazendo de conta
Fingindo esquecer
Que nada renasce
Antes que se acabe
E o sol que desponta
Tem que anoitecer
De nada adianta
Ficar-se de fora
A hora do sim
É um descuido do não

Sei lá, sei lá
Só sei que é preciso paixão
Sei lá, sei lá
A vida tem sempre razão.

Agradecimentos

Quero agradecer a estes homens e mulheres que tanto colaboraram com a redação deste livro:

Mario Trejo, Pablo Avelluto, Horacio Molina, Glenda Vieites, Elba Somoza, Guillermo Aldazábal, Egle Martin, Alfredo Remus, Libertad Leblanc, Norberto da Editorial Corregidor, Alfredo Radoszynski, Departamento de Design da Editorial Sudamericana, Fred Sill, Susy, Renata Dechamps, Carlos Santamaría, Astrid de Ridder, Renata Schussheim, Marta Rodríguez Santamaría, Marcelo Acosta y Lara, Ricardo Lacuan, João Carlos Pecci, Horacio Ferrer, Madelón Rodríguez, Henny Trayles, Damián Rovner, funcionários do arquivo do jornal *Crónica*, funcionários da hemeroteca da Biblioteca Nacional, Bambino Veira e Eric Nepomuceno.

Um agradecimento especial a dois seres excepcionais por terem me ajudado com seus depoimentos, mas sobretudo com sua constante simpatia e afeto:

Daniel Divinsky
Helena Goñi

Obrigada de todo coração.

1ª edição fevereiro de 2012
impressão Sermograf
papel de miolo lux cream 70 g/m^2
papel de capa cartão Supremo 300 g/m^2
tipografia Swift e Helvetica Neue